科伦·麦凯恩作品系列

Colum McCann

EVERYTHING IN THIS COUNTRY MUST

此地
万事注定

〔爱尔兰〕科伦·麦凯恩———著
包慧怡———译

人民文学出版社
PEOPLE'S LITERATURE PUBLISHING HOUSE

著作权合同登记号　图字 01-2022-4385

Colum McCann
Everything In This Country Must
Copyright © 2000 by Colum McCann
All rights reserved.

图书在版编目（ＣＩＰ）数据

此地万事注定 /（爱尔兰）科伦·麦凯恩著；包慧
怡译 . -- 北京：人民文学出版社，2023
　（科伦·麦凯恩作品系列）
　ISBN 978-7-02-017819-3

　Ⅰ . ①此… Ⅱ . ①科… ②包… Ⅲ . ①中篇小说－小
说集－爱尔兰－现代 Ⅳ . ① I562.45

中国国家版本馆 CIP 数据核字 (2023) 第 034220 号

责任编辑　朱卫净　潘爱娟　邰莉莉
封面设计　钱　珺

出版发行　人民文学出版社
社　　址　北京市朝内大街 166 号
邮　　编　100705

印　　刷　山东临沂新华印刷物流集团有限责任公司
经　　销　全国新华书店等

字　　数　69 千字
开　　本　889 毫米 ×1194 毫米　1/32
印　　张　4.25
版　　次　2023 年 3 月北京第 1 版
印　　次　2023 年 3 月第 1 次印刷

书　　号　978-7-02-017819-3
定　　价　39.00 元

如有印装质量问题，请与本社图书销售中心调换。电话：010-65233595

致伊莎贝拉和约翰·迈克尔

地基下

埋葬多年的马匹

赋予它们的泥地

蹦床的轻盈

　　　　　　——保罗·默顿《莫伊的舞者》

目　录

此地万事注定

一场夏日洪水袭来，把我们的驮马困在河中。河水摔碎在石头上，在我听来有如锁在转动。是收割青贮的时节了，水中有一股草味。这匹驮马是父亲的最爱，她踏入河中，许是想把这味道深吸一口，却被困住，无法动弹，前腿卡在了岩缝中。父亲找到了她，呼唤她，声音盖过了大雨的哭泣：凯蒂！我在谷仓里，舌尖等待着从天花板孔落下的雨滴。我跑出去，经过农庄，跑进田野。隔着雨水，马在河中狂乱地瞪着我看，或许她记得我。父亲的动作缓慢而慌张，像一个深雪中的旅行者，但是并没有雪，只有洪水，而父亲怕水，一直怕。父亲告诉我，去那边的岩石上姑娘。他把带有挽具夹的那段绳子递给我，我知道要怎么做。自从上次生日，我的身高就超过了父亲，也就是说十五岁时。我狠命拉开身体，一只脚站在河心的岩石上，一只手抓住上方的树枝，纵身跃过洪流。

父亲在背后喊，嗨现在小心。河水涌过，温暖而湍急，我抓住树枝，直到可以从岩石上弯下腰来，把绳子套上那匹可爱驮马的笼头。

树木耳语着朝河流俯下身来，将狭长的影子悬挂在水面，马突然猛地一拽，我以为它要死了，但我还是拽起绳子令她的脖子保持在水面之上，差一点。

父亲在呼喊，抓住绳子姑娘！我可以看见他咬紧牙关，眼神狂乱，脖子上青筋四突，一如他走过我们农庄的沟渠、众多母牛、树篱、栅栏的时候。父亲一直对失去妈妈和菲克拉充满恐惧，现在又轮到了他的马，他最钟爱的马，一匹高大的比利时母马，很久以前曾在田间犁地。

河水在岩石上拍碎，迅速汇作喷泉，漫过我的脚背，进入裙裾。但我紧紧攥着绳子，就像父亲有时在就餐祈祷前紧紧攥着最后一支甜蜜雅富顿。①父亲在呼喊，保持住姑娘很好！他盯着河水，仿佛妈妈在那儿，菲克拉在那儿，然后他深吸一口气，走入水中，去给驮马松马掌。他去了那么久，孤零零的我忍不住对着天空哭喊。他死死抓住一段树根，身体其余部分消失在疾涌的褐色波浪下。

夜空浮现出星辰。星星高挂在树枝间，河水在其中喷射。

---

① 甜蜜雅富顿（Sweet Afton），一种爱尔兰出产的短烟。

哗啦哗啦，父亲钻上来透气，双眸狂野如马匹，帽子丢失在河里。缰绳在我手中跳动，像炉环一样滚烫，他喊着：抓住姑娘抓住看在上帝分上请抓牢！

父亲又潜入了水中，这次很快就浮上来，肺里的空气不够了。他泡在水里，抓着树根，波浪击打他的肩膀，他悲哀地看着行将溺毙的驮马。于是我又使劲拽了一把缰绳，马匹发出刺耳的嘶鸣，抬起了头。

再试一次，父亲的嗓音透着悲伤，一如多年前在妈妈和菲克拉的灵柩上。

父亲钻下水去，待得像昨日之昨日那么久，然后，几盏车前灯扫过乡镇公路。那些灯使高处的雨形成一幅画，又给树篱和沟渠投上阴影。父亲从水中冒出头来，呼吸粗重，没看见灯光。他的胸膛宽阔，起伏不定。他看了一眼驮马，又看我。我指向马路，他在洪水中转过身去，瞪着眼。父亲微笑了，或许认为来者是开运奶车的麦克·德芙林，或从糖果店回家的莫莉，或是其他某个前来营救他心爱马匹的人。他拖住树根，挣扎出水，站在岸上高高挥舞手臂，高喊着：在这儿在这儿嗨！

父亲束在工装裤里的衬衫湿透了，车灯照上来显得煞白。车灯更近了，我们在这片光亮中听见逐渐清晰的喊声。他们听起来就像是吞下了什么我从来没吞过的东西。

刹那间，我和父亲面面相觑，表情空前诡异，他仿佛丢了魂魄，像被打了一拳，仿佛他是河面上漂浮的帽子，是一棵伶俜的树绝望地渴求森林。他们以奇异的方式喊着：嘿伙计出了什么事？父亲说，没事，然后他的头一直低垂到胸前，他看着对岸的我，我想他在告诉我：放掉绳子吧姑娘。但我没放。我紧紧抓着它，把驮马的脑袋拽到水面上，与此同时父亲一直在说，但是又没说，放掉吧求你了凯蒂放掉吧，让她淹死。

他们迅速穿过树篱赶来，顾不上身上的制服，我可以听见反弹的荆棘划破夹克的声音。其中一个边跑边脱掉了头盔，他的头发是冬日冰霜般的颜色。一个人留着状似长草的髭须，另一个脸颊上有一道伤疤，就像父亲谷仓里的干草刀。

干草刀最先到了河岸，跳向那块我正站在上面拉着缰绳的岩石，来复枪打在屁股上。好啦亲爱的你现在没事了，他对我说，他的手在我背上如大雨一样潮湿。他抓住缰绳，对其他士兵喊了点什么，该做什么，站在哪里。他紧握住缰绳一端，把我转手给长草，后者一把逮住我的手，把我安全送到河岸上。现在来了六个人，都戴着头盔，持枪。父亲没动。他的眼睛死死盯着河水，或许看见妈妈和菲克拉正在回瞪他。

一个士兵语速飞快地对他大声说话，但父亲呆立着，就如德里商店的橱窗，那士兵于是缴械般举起双手，在雨中转过身，朝风中吐了一大口痰。

干草刀在岩石上握着缰绳取得了平衡，他甚至没有抓住头上的树枝。冰头发正脱掉靴子和衬衫，扔掉枪，看起来不像是从城里来到谷仓寻找爱情的那种男孩，不像是不穿衬衫割干草时的父亲，不，不像任何人，他骨瘦如柴却十分健壮，肋骨看起来像在田里苦干了一整天的马的肋骨。他没如我此刻希望的那样潜入水中，只是慢吞吞蹚入河里，毫不张扬，手臂高举在空中，弯下身。但河水太深，干草刀在岩石上叫，站高点儿史蒂维，待在高处伙计。

史蒂维朝干草刀竖起拇指，接着就钻入了水里，最后踢了踢腿。

长草站在我身边，把史蒂维的夹克披在我肩上为我取暖，这时父亲走来，一把推开长草。父亲推得很用力。他比长草矮小，但后者猛地砸上了树干。长草深吸一口气，狠狠瞪着他。父亲说，别碰她你没看到她只是个孩子嘛。出于羞耻，我用手遮住脸，就像那天在学校，他们把我安排到一张特别大的专用书桌边——而不是盖板可开合的木书桌——只是，出了妈妈和菲克拉的事后我就不去学校了。我感觉到和那天在学校一样的耻辱，我遮住脸，从手指缝里往外偷看。

父亲凶恶地瞪着长草。长草也瞪了他许久，然后摇摇头走去了河岸那边，史蒂维还在水下。

父亲的双手放在我肩上，使我暖和，他说，现在都没事了亲爱的，可我只想着史蒂维，以及他在水下待了多久。干草刀把嗓门扯到最高，一边向下盯着水面，我抬起头，看见大型军用卡车开进了树篱——树篱被撞出一个大洞，父亲尖叫着，不！

卡车打开了远光灯，整条河都被照亮了。父亲又叫了一声，不！可是戛然而止，因为一个士兵瞪着他说了句：要么是马要么是这该死的树篱伙计。

父亲在岸边坐下来，说，凯蒂坐下，我能从他声音中听出比那时在母亲和菲克拉灵柩上方更多的悲伤，比他们在山谷附近被一辆军用卡车撞了那天更多的悲伤，比法官宣判无人有罪这只是一场悲剧那天更多的悲伤，是的，甚至比那天，以及之后的每一天都更多的悲伤。

杂种，父亲压低了声音，杂种，他用手臂环住我，坐着，看着，直到史蒂维从水中冒出来，为了待在原处而逆着旋涡游泳。他朝干草刀喊，她的腿卡住了，接着是，我要试试把马蹄敲掉。史蒂维深吸了四口气，干草刀拽着缰绳，驮马发出之前或之后我再没从一匹马嘴里听到的嘶鸣。父亲很安静，我想要回到谷仓里，用舌尖等待雨滴。我披着史蒂维的夹克，可我又冷又湿，打着寒战。我吓坏了，因为史蒂维和驮马都会死，既然在这国，万物注定死去。

父亲喜欢不放茶包的茶叶，像妈妈过去常泡的那样，所以，我有一种特殊的方法来泡茶——把冰冷的水倒入烧水壶，只倒冷水，然后烧开，再把微沸的水倒入茶壶，搅拌至壶底变温。接着放入茶叶，不放茶包，再倒入开水，缓慢搅动，给茶壶盖上保温套，在炉上煮五分钟，注意确保火苗不要蹿得太高而烧到保温套。然后往杯中倒入牛奶，然后是茶，最后加糖，全部用勺子小心地搅拌开。

我这套繁琐的制茶工序让士兵们笑了，包括史蒂维，驮马踢中了他眼睛上方，血从那儿不断往下流。史蒂维微笑时，父亲脸色发白，但史蒂维十分有礼貌。他从我那儿拿过一条毛巾，说他不想让椅子沾上血。我从厨房门边探出头时他对我微笑了两次，竖起一根手指，意思是，请放一块糖，又用手指做了个O型，意思是请别放牛奶。他的头发里一些血正在结块，他的眼睛明澈一如天空本该是的样子，我可以感觉到腹部下坠的感觉，坠至深处，像是谷仓里的爱，并且他朝我笑了第三回。

每个人都对救下一条命感到高兴，即使只是一条马命。可父亲在角落里沉默不语。他忿忿于我邀请士兵们前来用茶，他的下巴拖长至前胸，脚边有一摊水。每个人都在用毛巾擦干身体，除了父亲，因为没有足够的毛巾。

长草坐在扶椅中说，你有保温灯太好了头儿。

父亲只是点点头。

水下感觉如何史蒂维？长草问。

很湿，史蒂维说，所有人都笑了，除了父亲。他盯着史蒂维看，随即转开视线。

客厅里现在很明亮。我喜欢军服的绿色，甚至是史蒂维鲜血的红色。但史蒂维那被马踢过的头一定疼极了。其他士兵正谈论着：或许应该直接用军车把史蒂维送去医院，别等血凝固，而要缝几针，别喝茶，而是事后回来看看马匹是否能在保温灯下存活下来。但史蒂维说，伙计们我没事，不过是擦伤，我想喝杯茶，想得要死。

煮了许久的茶口感不错，我们为特殊访客备有饼干，我从储藏室里把它们拿来。我咬了一块，确定没坏，然后把盘子端出去。

我在打喷嚏，但我注意不往盘子里打，为了像史蒂维那样有礼貌。史蒂维用他那滑稽的方式说，上帝保佑你，我们静静抿着茶。但我又连打了三四五个喷嚏，干草刀说，你得去把湿衣服换了亲爱的。

父亲在碟子上重重放下茶杯，一片死寂。

包括士兵们在内的所有人都看着地板，壁炉台上钟在滴答，妈妈和菲克拉的照片从墙上向下看，后者正在踢足球，士兵们没看见他们，父亲看见了。长长的寂静不断拉长，直到父亲叫我过去，到这儿来凯蒂，他让我站在窗边，手中扯着长长的窗帘。他让我转过身，用窗帘裹住我，拉起我的头发，并不温柔地、粗犷地揉搓着。父亲很好，他不过是想弄干我的头发，因为即使裹在史蒂维的夹克里我也在发抖。从窗帘下，我可以看见士兵们，可以看见史蒂维的大半个人。他啜着茶，朝我微笑着，父亲大声咳嗽，钟继续滴答了一会儿，直到干草刀说，这儿，头儿，干吗不用我的毛巾给她擦干？

父亲说，不用了谢谢。

干草刀说，来吧头儿，接着把毛巾团成一个球，做出要抛过来的样子。

父亲说，不！

史蒂维说，放松点。

放松点？干草刀说。

或许你们都该走了，父亲说。

干草刀变了脸色，把毛巾掷到父亲脚边的地面，干草刀鼓起腮帮子，呼吸沉重，一边说，从先生你这种人这里得到的感谢真他妈丰厚。

现在，干草刀站起来，指着父亲，灯光从他的靴子上散射开，他的面孔扭曲着，那条伤疤看起来像在割他的脸。长草和史蒂维站起来把他往后拽，但干草刀说，冒着他妈的生命危险救你那匹他妈的马，这就是我们得到的全部感谢，呃？

父亲紧紧抓住裹在窗帘里的我，他看来受了惊吓，显得渺小，颤抖着。干草刀发出一连串叫骂，面颊通红且皱缩着。史蒂维拽住他。史蒂维的脸很长，很悲伤，我知道，他知道一切，因为他一直盯着炉台钟边妈妈和菲克拉的相片看。史蒂维把干草刀拖出了客厅，在厨房门边放开手。干草刀最后一次转过身来，越过史蒂维的肩膀瞪着父亲，面孔彻底扭歪了，然而史蒂维再次捉住了他，说，忘了吧伙计。

史蒂维把干草刀拽了出去，穿过厨房，进入庭院，走向军用卡车。户外，大雨仍旧滂沱不止，随即，客厅安静了，唯有钟声滴答。

我听见了军用卡车引擎启动的声音。

父亲离开我，把头搁在炉台上，靠近照片的地方。我站在窗边，仍穿着史蒂维的夹克，他把它给忘了，至今也没有回来取。

我看着卡车开下巷道，红灯照在绿色大门上，它停了一停，旋即转上了公路，驮马就是在那里被打捞上来的。我没听见任何动静，除了父亲开始在喉咙里发出的低响，我没有从窗边转过身，因为知道他会为我看见他这样而生气。父亲在抽鼻子，或许忘了我还在。堵塞物正径直进入他体内，化作大团梗塞的液体，我从来没听到过这种声音。我不出声，但父亲大幅、快速地颤抖起来。他掏出一块手绢，从炉台那儿走开。我没看他，因为我知道，被看到哭泣的样子会让他羞耻。

军用卡车驶出了视线，红光洒在树篱上。

我听见客厅门关上了，接着是厨房门，储藏室门——那是父亲放置来复枪的地方——接着是前门，我听见枪发出咔哒声，而他边哭边越走越远，直到我再也听不见哭声，他准是站在庭院里，在大雨中。

炉台上的钟听起来很响，雨声也是，我的呼吸也是，我朝窗外看去。

外面的马路几乎空荡荡的，士兵们在转角处走动，这时我听见了声响，不是子弹，更像爆裂声，一声、两声、三声。

钟还在滴答着。

滴答、滴答、滴答。

裹住我的窗帘湿了，但我紧紧扯着它。我吓坏了，我动弹不得。我几乎等了永恒那么久。

父亲从外面走进来时，我已经知道发生了什么。他的脸看起来像是从石头里雕出来的，他不再哭叫了，他甚至没有看我，只是走过去坐在椅子上。他端起他的茶杯，茶杯在茶碟上叮当作响，于是他又放下它，把脸埋在双手间，保持这副样子。滴答的钟声从我脑海中消失了，在世上的每一处，万物都寂静。我托着窗帘，仿佛托着谷仓中射入驮马体内的子弹声，他心爱的驮马，一二三。我披着史蒂维的夹克站在窗畔，看着，等待着。外面，大雨不断落下，一二三，我在想，这么小的一片天空竟能承载这么多雨。

木　头

　　我们把木材运到磨坊时刚刚入夜。暴风雪已停息，但树篱上仍挂着雪，看起来像是长了白色的睫毛。

　　妈妈驾驶红色拖拉机。它几乎没有速度地驶下小巷。她没开头灯，踩稳油门，确保没人听见。她裹着两件外套，我把棕色粗呢大衣拉到脖子上，但寒风依然凛冽。木材在拖拉机后刮擦着地面，发出的声响让人觉得，它们也一样紧张。木料上绑着链子防止滑脱，链子仍喀喀作响，我屏住呼吸。

　　爸爸房间的灯亮着。灯光给屋后的白雪喷上一层黄雾。

　　妈妈对我说，嘘。

　　她向前踩油门，拖拉机在山路上加了一点速。她不想引擎突然熄火。爸爸会听见的，他会发问。

　　引擎声犹如一阵正在升起的咳嗽。

　　妈妈从拖拉机座位中转身，戴上头巾，看看木料是否还在。我在车后走，向她挥手。她微笑着转了回去。

木材被拖曳出轨迹，我的靴子在其中踏出足印。靴子的尺码是八号，一度是父亲的，对我来说太大了，我可以感觉到脚趾间报纸的窸窣。

雪已经冻成了冰，在我脚下嘎吱作响。

拖拉机到达山顶，木料也上来时，妈妈减了速。

一切云翳都已消失，头顶只有一片圆月，像一枚被抛上天空的硬币。我想坐在木料末端，让拖拉机一路拖着我滑雪。我们过去有一辆小木车，爸爸生病前，曾用绳索拖着我们滑过田野。我们大声欢笑，尖叫，我和弟弟们。有时他会一路拖着我们滑过泥泞直到我们做礼拜的教堂。有一回，他拽得太用力，我们一头撞上了树。我头上破了一大块，血一直流到下巴，但我没去医院。爸爸说，我已经是个大小伙子了，不该像小姑娘那样哭鼻子，接着却一路把我背回了家。那时他有宽阔的肩膀，而不是像只老乌鸦那样弓成一团。

**

三天前，那个开大汽车的男人登门造访。他生着灰色头发，一身灰西装，翻领上有一颗英国国旗纽扣。他面部紧绷，仿佛有人用钳子把它压合。我在教堂见过他，但记不起他的名字。他说，旅舍最近着了火，事态紧急，很快就需要（木料），但他不想去镇子那头的卡瓦纳磨坊。四十根，他对妈妈说，每根二十五先令。用来插旗帜。必须是光滑的，上过清漆，顶部要圆。我确定妈妈会说不了，谢谢。自从爸爸病后，她对所有额外工作都说不了，谢谢，她说寄来的支票足够我们花销。但这一次，她摩擦双手，终于轻声呢喃道：好吧。

您丈夫对此不会有意见吧？他问。

不会的。

他从前就不是特别敏感的人，对吧？

妈妈向后望去，仿佛料到爸爸正在听他们说话，她上下摇动着门把手。

男人微笑说，那么，就下周？

好的，下周，妈妈说。

我抬起头看爸爸窗内的灯光，接着又看看拖拉机。妈妈的双手现在紧抓着方向盘，她正拐弯，接近屋子。

墙上覆盖着常青藤，看起来像是我们的秘密沿着藤蔓一路攀爬到爸爸的房间。

我跑过去迎接庭院里的木材。我的胸膛剧烈起伏着。妈妈向后靠在座椅上，挥手示意我赶紧。她试图说些什么，但没吐出一个字，接着她猛地转过身子。

她飞快从拖拉机座椅上站起来，使劲向左扳方向盘，踩了刹车。我想她大概撞到了某条狗，但我从侧面包抄过去，见到了装满砖块的独轮车。拖拉机后轮差一点撞上它。果真如此，就会发出一声巨响。我抓住独轮车的把手，把它推远了几步。

妈妈低语道：去拖拉机前面看看，确保没有任何障碍物，好孩子。

院子几乎是空的，但我还是把砖块搬到老仓库边，又把一些零碎木板拖到水箱旁。妈妈面色僵硬，但在我为拖拉机清空路面时，她露出一丝微笑。

木板上的落雪粘在我的大衣袖口，融化后流到肘部，让我打起寒战。

我向妈妈挥手。

她穿着靴子的脚狠狠踩下去，松开车刹——发出响亮的咔声——拖拉机再次满满向前。轮胎轧上了坚硬的冰雪，木料在地面上发出呻吟。

通往磨坊的几扇门敞开着。妈妈一路把拖拉机开进去，轮胎轧过锯末，响声变得更柔和。我拉动灯绳，灯光涌遍整座磨坊，周围满是尘埃。工作长凳上放着几只柠檬水空瓶，是爸爸好久以前留下的。

我觉得渴。我想跑去屋里，从冰箱里拿一点牛奶，但妈妈说，现在过来吧，安德鲁。

她从拖拉机里爬出来，提起被挡泥板勾住的裙摆。她关上磨坊的门，拍了两次手说，我们开工吧。

爸爸说，他是个不输给任何人的长老会信徒，过去一直是，将来也永远是。然而，庆祝他人的死亡就是不折不扣的卑鄙。他不许我们加入游行，但我看过报纸上的照片。我最喜欢的一幅上有两个戴圆礼帽、穿黑西装、胸口系着宽绸带的男人。他们举着一面画着国王骑白马的旗帜。马儿正在过河，一只蹄子悬在空中，一只落在岸上。国王穿着华丽的服饰，面容和善。我真的很喜欢那张照片，不明白爸爸为什么烦心。关于游行，妈妈一言不发。如果我们提问，她就说：问你们的爸爸去。我们又问为什么，她回答：因为爸爸就是这么说的。我想，或许我们的木杆上也会悬挂一面那样的旗帜，上面画着高高坐在马背上的国王。我问妈妈是不是这样，她说，别说话了儿子，我们有一堆活要干。

我通过观察爸爸学会了怎么做。我们从木材上解开链子。金属扣令我的手指失去知觉。

妈妈戴着单薄的羊毛小手套，她脱下来给了我，但我说不用，谢谢。她脱下了头巾。她的头发披散到肩上，漆黑中掺杂着缕缕灰色。她的脸颊冻得通红，她看起来像旧照片里那么漂亮。她把手伸进裙子口袋，掏出几根火柴，径直走向煤油炉。

擦亮火柴时，似乎有火焰从她手中一跃而出。

没过几分钟，磨坊开始升温。我们把最后一截锁链从木材底下抽出，一根木头滚过磨坊的地板，撞上了锯木架。

妈妈望向窗外，但除了我们刚才在雪中留下的足迹，院子空空如也。她轻叩窗玻璃，上面的冰块颤动着，接着她从墙上取下电锯，对我说，往后站。

妈妈打开电锯，金属锯齿一圈圈顺着刀刃转动。她做了三次深呼吸。她先切了个 V 字口，我压住木料，使锯子能切得更快。

她把一段木料锯成三段，前额上沁出了一颗汗珠，它就那样待着，犹豫着是否要滑下她的脸庞。她却关掉了电锯，脑袋缩进肩膀，把汗珠抹掉。

要干多久？我问。

几天，她说。他们要赶上游行练习。

我看见户外有几只蝙蝠掠过窗户。它们蜻蜓点水般飞快地盘旋。

我们弯下腰，把那段木料放入切割机。木头身上妈妈锯过的那段很潮湿，我可以感到液体渗入我的手指之间。

把木料安置好时我们已气喘吁吁。妈妈按下开关，锋利的刀刃沿着木料中心切割。切割树木时，可以通过年轮多少来判断它们的树龄，如果把我自己切开，不知是否能发现一些关于自己的事。但我什么都没说，妈妈凝视着机器内部。

你觉得是不是太粗了？她问。

我不确定，所以我说不，它们很完美。

她浅浅笑了一下，几缕头发垂到脸上，她把它们绾到脑后。她手叉腰站着。

没错，她说。

我们把第一段木料送进刨圆机，妈妈花了好久确认一切调整就位：刀刃、按钮、油。她越过机器看了我很久，说，这是我们的秘密，对吧？

是的。

你也不会告诉弟弟们？

不会。

上帝帮助我，她低语道。

妈妈打开了机器。它咔咔直响，妈妈似乎想叫它安静。木材一圈圈飞旋，木屑飞散，直到它看起来像一根旗杆。我开始扫地。我把扫帚毛伸进地板的缝隙，以便扫出一切碎屑。妈妈竭力集中精神。空气里有一股好闻的木头味道。最后她关上机器，手指一路摸过木料，接着转向我。

你把那边的装置准备好行吗，亲爱的？她问，手指着砂光机。我跑过去把它取来。并不重。

好小伙子，把插头插进那里。

一朵小火花从墙上一跃而出，蓝如闪电。

我们做了一根好旗杆，但妈妈说太晚了，第二天再试一次。我们把拖拉机倒出来，留在院子的原处，然后我们锁上了磨坊门。妈妈用耙子铲掉雪上的足迹和车辙。回到屋里，我告诉妈妈走楼梯不出声的秘密：在左边走，小心吱嘎作响的第七级，轻手轻脚踏上第十一级，别踏第十四级。

妈妈在水槽里洗了手，好不让爸爸闻到木头味。然后她走进去叫醒他，给他转个向，防止把身体睡疼。

我听见爸爸说，亲爱的，你的手很冷。

她咳嗽了一声说，不过是出去看看天气。

怎么？风雪停了，感谢上帝。

停了，是吗？爸爸问。我可以听见妈妈把他翻了过去。

她每天要这么做六次。首先她把手垫在他腿下，用枕头把它们垫高。接着把手插入他背下，把他翻转过去。第一次这么做时，他呻吟不止。他尖声咒骂，妈妈不得不把他放下，等他停止，一遍说着嘘嘘嘘，好啦好啦，亲爱的。然后我们走进他的房间，坐在他身边的床畔，说一些华美冗长的祈祷词。爸爸说他很抱歉这么失态大叫，魔鬼进入了他的嗓子。

如今他再也不叫了。他只是咬紧牙齿，直愣愣地看着墙面。

有一次，妈妈在翻转他时，弟弟和我看见他的老二从睡裤前门里耷拉下来。保利笑了，接着是我，然后罗杰也笑。爸爸看着我们，说，孩子们，出去。妈妈把他的老二塞回去，把系绳拉紧。

爸爸出事那天是从两座锯木架中间摔下来的。弟弟们和我正在院子里捉迷藏。罗杰发现了他并大声喊我们赶去磨坊，我极力奔跑。爸爸眼睛圆睁，手上有一块砂纸，头发盖满锯末。他试图移动，但失败了。

当时他正在做椅子。爸爸做的椅子是全英国最美丽的。任何男人或女人，妈妈说，都会因为坐在出自爸爸之手的椅子里感到骄傲。它们配得上王室，甚至配得上女王本人。他也做过柜橱，有时甚至在磨坊后的熔炉里烧制小小的铜把手。那是用材最贵的桃花心木柜橱，只按贝尔法斯特某顾客的特殊要求订做。每次卖掉一只桃花心木柜橱，爸爸就会带我们进城喝红色柠檬汁，吃冰淇淋。有时为了取乐，他在人群里闪进淡出。

爸爸甚至为本地教堂制作座椅。他说，每个人都该为上帝做力所能及的事。我们的邻居麦克莱肯先生说，这些椅子会让天主教堂相形见绌，但爸爸说任何教堂都不会觉得羞赧，不管是廉价的木头还是好木头，所有人都是朝同一个方向坐着。

班克牧师在一次布道中说，这些椅子是上帝的杰作。那日，教堂里所有人都拍拍爸爸的背，他走出去时显得高大又自豪。

他是那么高，可以抓住磨坊里的门梁做十个引体向上。他每日都在那儿工作，从最后一颗降落的星到第一颗晨星，妈妈过去总是给他带三明治，有些晚上还带一罐啤酒。

每当他完成一张椅子，她总会替他试用。某次夏天，我看见她站在磨坊外的木凳子上，欢笑着把双手举向天空。爸爸在一边微笑。他过去经常微笑，他的牙齿好看洁白。

医生说，是中风，爸爸要说什么却说不出。很长一段时间内，话在他口中乱堆一起，像是塞进了太多食物。有时他会盯着自己的手看，好像它们属于别人。

由于爸爸无法好好睡觉，妈妈搬进了我的卧室，我搬进了弟弟的卧室。

最糟糕的是手，因为他再也不能翻动《圣经》，而妈妈有了主意。她取出化妆包，把发卡夹在他最喜欢的那几页上，从书页顶部探出来。这样爸爸就可以用手背轻翻发卡，于是他又快乐起来，尽管微笑是艰难的。

如果你不了解爸爸的脸，可能会觉得他微笑的时候像在生气。他嘴唇的弯曲像一种特殊密码。

**

我们仿佛每夜都在挖一条秘密隧道。我以前从来没有这么晚睡过。我们把木头切细，磨光，在顶部刨出圆边，好让它们看起来像竖杆的正面。那是最难的部分。接着我们用油漆刷涂上保护层，甚至是一点擦亮剂，让旗杆看起来闪闪发光，呈华丽的深棕色。

我们用完了所有的煤油。哪怕仅仅为了取暖也必须手脚麻利。妈妈给了我一副爸爸的旧手套。手套是黄色的，我想到了仪仗队的白手套。我可以看见他们漂亮的手套握着旗杆，还有他们外套上闪亮的大纽扣。

第二天夜里我们做了四根旗杆，第三夜做了七根。越做越好。顶部的小圆部件完美无缺。

最后一夜，我们提早完成了工作。我们把四十根旗杆堆放在磨坊门边的角落。它们靠在一起，像一片被修平的森林。

妈妈的手指滑过几根旗杆，突然，手被划破了，她说，哦，天哪。

她用砂纸把那根旗杆又磨了一遍，然后我们穿过院子走回家。她舔去了手指上的一点血。很晚了。夜空中有几百万颗星星，月亮比从前小。所有的雪都已融化，路面如今泥泞不堪。

我们在前门踢掉了靴子，然后去厨房吃了些面包、黄油和杏仁酱。

妈妈去洗澡了，我回自己房间。弟弟们已经入睡。他们以不同的节奏呼吸着，胸口起伏的样子有点像毛毛虫。我简直起了碾碎他们的念头。

我睡得不沉，辗转反侧，还得哄开始大哭的罗杰睡觉。我下楼去给他拿点热牛奶，但银罐已经空了。妈妈坐在那儿，双手捧着头。直到我把罐子盖上盖子，发出响亮的叮当声，她才注意到我。她拉我过去，在我额头上重重吻了一下，让我觉得傻兮兮的。

我回到楼上，避开了所有嘎吱作响的地方。

罗杰听说没有牛奶又哭开了，但最后他终于睡着了，他们再次开始了毛毛虫般的呼吸。

我拉上被子，把它卷成一个隧道。我在想，假如能去看那些戴圆礼帽的人举着旗杆走过街头，哪怕就一次，会怎么样呢。会有许多人喝彩，吹口哨，打鼓。冰淇淋车分发着免费的巧克力冰淇淋。所有人都会踮起脚尖，感叹说哦天哪，看看那个，那些旗杆岂不是太美妙、太漂亮了？

醒来时，天仍未亮，一如冬天所有的日子。狂风怒啸。

妈妈已经穿好衣服，站在楼梯平台上。

我们进入爸爸的房间，把门在身后带上。打开的《圣经》躺在他的胸口。发卡戳了出来。她为他刷牙，让他往痰盂里吐痰，然后告诉他，儿子特别渴望给他剃胡子，行吗？

爸爸说没问题，只要我不把他的脸砍成碎块。他现在差不多刚能把话说清楚。

我说，太好了。

我跑下楼，在厨房里热了一点水，然后取来那只老旧的白瓷脸盆。他的剃须刀和肥皂在水槽下方。毛巾和面巾已经折好放在桌上。

我快速向窗外瞥了一眼，妈妈把旗杆堆在了院子中央。她正眺望着巷道，等待搬运车来取走它们。

我把剃须刀架在盆上，端着这些东西出了厨房。我不再在乎楼梯了。我甚至踩得更响，好让他知道我来了。他已经在等我。他闻起来像是需要洗澡了。我打开床边的无线电，照妈妈说的那样把音量调响。正在播报关于加油站里排起长队的某条新闻。

爸爸靠在枕头里，我在他脖子后面围上毛巾，他露出了那种奇怪的微笑。

他说，你把水热过了对吧。

我点点头，把面巾蘸上盆里的水，把他的一边脸颊擦湿。我在无线电声中竖起耳朵，努力想听见搬运车驶上巷道。外面除了风声一无所有。把脸弄湿后，我用肥皂搓出泡沫，试图平涂在他脸上。我的手指微微颤抖。

无线电从新闻跳到了广告。

我给他脸上擦好泡沫，拿起剃须刀——爸爸管它叫直片刀——像妈妈那样，从脖子底部布满小肿块的地方刮起。他一如既往闭上眼睛。我缓缓地刮，不想割伤他，但他叫我快点，不用担心，剃得快才能剃得好。

有一天你自己也会这么做的，儿子，他说。

我听见弟弟们在房间里起床。他们叫着，笑着，互相用枕头打来打去。

爸爸动了一下，一些肥皂流到枕头上。我把它擦去，接着沿着他的脸颊剃到鬓角。他始终闭着眼睛。我快速检查了一下左脸。

好小伙子，他说。

我祈祷搬运车快点前来。无线电里响起了音乐，爸爸叫我关上它，但我假装没听到，继续剃着。黑色和灰色的毛发在刀刃上形成滑稽的图案，和泡沫混在一起。我在毛巾末端小心擦拭刀刃。

他说，儿子，把无线电关了。

我说，啊，拜托，爸爸。

你听不听你爸的话？他说，把那噪声立刻关掉。

我伸手过去关了无线电。就在那时，我听见搬运车开上了巷道，他也听见了。它拐弯进了大门，轧过巷道沿途的小水坑时发出黏糊糊的声音。

看着爸爸的额头，我知道他在纳闷来者是谁。我告诉他，一定是邮差早到了，同时我看向窗外说，没错，是辆红色搬运车，一定是邮差。实际上那是一辆蓝色搬运车。我再次打开无线电，好让他听不见搬运车开门以及装载旗杆或任何其他可能的噪声。但他又叫我关无线电，别扯东扯西。

我开始刮他的下巴，一路向上刮到小胡子，我想我应该把手洗得更干净点，或许我手指上还有木头和保护涂料的味道。

我的手颤抖得厉害。

刀刃碰到了他的上唇，但没出血。他闭着眼，看起来像是在仔细思考着什么。

他们来得可真早，他说。

是啊。

这是我印象里他们来得最早的一次。

搬运车门砰的一声甩上了，我用力响亮地咳嗽。爸爸在枕头上挪动脊背，说送来的肯定是包裹什么的，但他绞尽脑汁也想不出谁会送包裹来。

我不知道，爸爸，我说。

他让我帮他用自己的手指摸脸，于是我抬起他的手。先是脖子，然后是脸颊、鬓角，到下巴，接着我帮他碰了碰他下颌和嘴之间小小的凹陷。

你漏了一个地方，他对我说。

要我刮掉它吗？

不，下楼去，他说，看看那个包裹。

我飞奔下楼。我跑出门时妈妈还在院子里。她的头发被风吹到两侧。她把钱塞进了围裙。她咬着嘴唇，瞪着巷道尽头。搬运车已经消失。我的弟弟们在楼上打开窗，向下叫嚷，但我没听到他们说什么。

妈妈，我说。

怎么？

他以为是送包裹的。

妈妈转身走过院子，迈着小步跨过水坑。她脚下水花四溅。泥水跳起来，沾到了她的裙边。

我看着磨坊后的橡树。他们正在风中发狂。树干又粗又壮又结实，树枝却彼此捆来捆去，像人一样。

绝食抗议

男孩从城镇上方的海岬观察着动静。他看见那对老夫妇把黄色的皮艇拖出屋子。他们艰难地把皮艇架在肩膀上,扛着它朝码头走去。

老妇人走在后面。男人的背有点驼,但依然比她高上足足一尺。她已尽力把小艇举高过头顶,但它依然朝她倾斜下去。他们拖着脚走下沥青碎石路,脸庞隐在阴影里。船桨一头一人,架在他们肩膀上。这一男一女,他们走路的样子像某种诡异而可爱的昆虫。走到码头边,他们便从肩上卸下黄色皮艇,开始忙着下水。

是落潮时分,因此他们用长长的绳子将小艇从码头降入水中。它碰到水面时几乎没有溅起涟漪。他们站在那儿说了一会儿话,阳光透过衣服照耀,使他们的身形成为黑影。

她骨瘦如柴,他却大腹便便。

老人向海的方向做了个手势,然后转过身,手抓着横档爬下码头上生锈的梯子。他动作虽然缓慢却流畅自如。他稳稳地着陆到皮艇中，把船桨横在皮艇中央来防止船只摇摆。老妇人小心翼翼地跟着下了梯子。一阵微风吹过她的裙摆，老人碰了碰她的腿背。她转过身，似乎轻轻地笑了出来，他则引她从梯子上下到小船的双排货井（double well）中。她刚落脚，皮艇就在水里晃荡起来。

他们没穿救生衣，但男人摸索着一块防水布，把它紧紧贴合到船井边缘。他用船桨一抵码头的岸墙，小船开始向海港移动。他的桨击中了水面，散播的涟漪在她出手划桨前很久就已消散，现在，她与他行动一致了。

小艇滑开去，男孩的眼睛一路追随，直到他们拐弯，沿着海岬向南驶去，成为大海的灰色衣裳表面的一粒明黄色尘埃。

所以，这就是高威城了，他母亲曾在那儿度过夏日时光：阳光、峭壁、绿色邮箱、海鸥凄厉的鼓翅声，远处无尽蔓延的群山犹如一份简纯的礼物。

男孩套上一件备用衬衫——曾经属于他父亲——宽大得足以再容纳一个男孩。他把袖子高高卷至上臂，把领子拉皱，好使之看起来没有熨过。房车那边，母亲仍在酣睡，胸脯起伏着。她的头发散落在面庞上，有几缕随着呼吸的韵律上下飘动。男孩把鞋提在手上，踏过铺着油毡的地板，快速打开门，防止它发出吱哑声。

屋外，最后一股雨水刚刚停止倾吐，风止雨霁。

他在煤渣砖门阶上穿上鞋，向外面的大海望去。灰色的海平面渗入灰色的天，他无法分辨哪里是天空的起点，哪里是海洋的终点。唯有一条渔船散落在这寥阔的景致中。

他远离了房车，踢开几块零碎的石子。他穿黑色的瘦腿裤，朝臀部高高拉起着，露出下面的白色袜子和黑鞋。这鞋自从买来就没抛光过，现在看起来毛糙如暗冰。

他尾随着顺坡蜿蜒而下的泥泞小路，不时在树枝间保持平衡，一直走到通往城里的主路上。它仍然比他见识过的所有路都更狭窄。在德里①，他总是被禁止四处晃荡，但母亲说，这座城市是安全的，每个旮旯她都了熟于心，是个无害的地方。

雨水催熟了路旁的野草，男孩抵达墓地，有人在一块墓碑边放置了一尊玲珑的瓷圣母像。他在公墓中漫无目的地穿行，拍拍衬衫袋，里面装着一只从母亲的手提包里偷来的、几乎空了的烟盒。他在夹克下弓缩着，点了一支烟，随后，在一个十字架边吐

---

① 德里（Derry），英属北爱尔兰城市，德里郡首府，小说中主人公的故乡。

了口痰。一股突如其来的耻辱感涌上了面颊，但他朝另一块墓石又啐了一口，这才上路。他今年十三岁，这是他人生中的第四支烟，其味道既残忍又迷人，令他头晕目眩。他一直抽到过滤嘴那儿，将烟蒂夹在拇指和食指间，高高弹出了墓园的石墙。火红的烟蒂在空中嘶嘶作响，他在墓园里走动，烟的余味如清晨的口气般残存在他舌尖，他走过所有那些古怪的花环、塑像和雕刻。他观察石头上的名字和日期，许多已经蒙上了厚厚的野草和青苔。

他在一块墓石上看见一只一品脱容积的空酒杯，边缘印着口红，仔细一看，那座墓的主人是个比他大不了多少的年轻人。

硬骨头，他对墓石说。

他转身走开，跃过嵌在墙上的门框，重新踏上进城的主路。马路上没有路标，但他沿着一条想象中的白线保持着平衡，这条白线在路的转角曲折盘旋，呈之字返回了一次，以至于他以为转个弯就会遇到自己。

一辆车按着喇叭驶过身旁，男孩吃不准那喇叭是打招呼还是警告声。他虚弱地招招手，靠紧路边的长草带走，路则沿山坡蔓延入城。他停下来，看看用两种语言写着镇名的标记——他无法在两者间建立联系：英语只有一个词，爱尔兰语却有两个。他尝试把两种语言的词语嵌入彼此却无法做到。

几名男子郁郁地站在山脚下的一间酒吧旁，表情凶邪。男孩向他们点点头，但他们没有回应。

你好吗？他屏住呼吸，问题并不指向任何人。

哦，好上天了。

那你呢？

还凑合。

他自忖，自己是穿着一件孤独的衬衫，他喜欢这想法；他用这衬衫裹住自己，一连几小时走过安静的商店、木条封门的铁匠店、一排青柠色的平房，穿过一片寸草不生的足球场，翻过手球馆的高墙，然后走回城里，去了一个小型游乐场，那里充满粗鲁的、叮叮当当的噪声。

他从衬衫袋里取出一支烟，没开烟盒——他叔叔或许曾经就是这么做的——他玩了一局单人电子游戏，没点燃的香烟叼在嘴里。他诅咒屏幕里的太空飞船时，烟在嘴里上蹿下跳。几个月前，他开始在一根手指上刺青，只是一个单词，但他无法确定该用什么单词，于是便停了手。现在，能看到的只是一条直线，他在那儿把一根滚烫的针扎入自己的食指，在上面涂了蓝墨水。

有刺青的手指不断敲击游戏机按钮，第三局打得正酣畅时，男孩突然转过身，走出游乐场，漫步走向码头。

就在海港外，黄色皮艇正破浪前进，那对老年夫妇动作确凿而优雅地划着桨。船桨有规律地划破空气，阳光在转动的桨刃上闪闪发光。海鸥在皮艇周围和上空盘旋，他想是在找鱼吧，在他眼中，鸟儿们让饥饿看起来成了一件容易事。

他母亲告诉过他：不要说娃娃。不要说娃娃。她说，语言是自带风景的，他们的口音现在听起来可能古怪到危险。他自忖，自己是两个国度的孩子，双手插在两个幽暗的空口袋里。他沿着码头远处走，反复说着娃娃这个词，直到它什么意思也不具备。它可能是指一条绳子、一个绳结、一架绞车或甚至是某种欢乐之物。

俺们！他尖叫着从码头那儿跑下来，沿着空荡荡的海滩跑。俺们。

第一夜，房车倾斜，在海风的赋格曲中呻吟。房车立在煤渣砖上，距离悬崖一百码远，两头各用一条锁链拴着。打开灯时，男孩想，整个东西看起来就像一座悲伤而无用的灯塔。

在这儿很蠢，他说。

他母亲从火炉边转过身来说，哦，并没那么糟。你会明白的。最后你会爱上它。

你听到什么新闻了没？

还没有。

风在门缝里发出嘶嘶声，捎进新鲜海水的气味。男孩从口袋里掏出他的黑色瑞士军刀，放在胶木桌上，弹出刀刃，在手臂几簇汗毛上试验刀锋是否锐利。他一直割到接近皮肤处，对着手臂上一枚雀斑犹豫了一会儿：若他用小刀把它铲除会怎样？他开始用刀尖刮擦雀斑，直到一阵剧痛袭来，他以为自己弄出了血。他吮吸着前臂，然而什么味道也没有，没有血，他对这突如其来的剧痛感到失望。

当他抬起头来，他看见母亲已经在他面前摆下了一盘赤豆和吐司。

男孩把小刀放入盘中，它滑入赤豆中，他觉得它看起来就像一汪红海中一叶荒谬的小舟。他抓起刀子，舔舔把手，动手去叉那一粒粒豆子。它们在刀的重量下裂开了，后来他学会了轻轻刺透它们，将它们举在半空，他凝视着刀尖上的豆子。他久久没有下口。

他母亲坐下来，从茶壶里倒出两杯茶，开始吃自己的饭，装作对他视而不见。

透过杯中升起的空气，他看见她的脸微光闪烁，像一面哈哈镜。他开始朝自己的盘子吹气。

太烫了吗，亲爱的？她问。

不是。

是你最爱的菜。

我不饿。

你一整天都没吃东西。我打赌你用不了两分钟就能把那玩意吃光。甚至更快。

你知道吗？他的声音尖锐起来。在这儿很蠢。

她迅速闭上眼睛，望向窗外。男孩用小刀划开豆子，又叉入那片吐司，后者现在已经变得湿答答。他把吐司举到空中，中间一块位置塌陷并掉落下来，他突然意识到，这块面包失去了它的心。它摔到盘子上，几滴番茄酱溅到桌子上。他母亲用手指把它们擦干净，长长叹了口气。

我们来下象棋，她说。

我不会下。

你生病时我教过你。那时你得了天花，待在家没去上学。你爱玩得要死。

我可不记得这个。

你床底下的箱子里就有一套。

那不是我的床。

反正我们要下象棋，她说。我再教你一次。

我不想玩。

你爸是个象棋高手，一流高手之一。

男孩推开他的盘子，什么也没说。他看见母亲低头盯着茶杯，他看见她眼角正在汇聚一颗泪珠。她眨了眨眼，用衣角抹掉泪珠，从桌边站起身来，跨过房车迈了四步来到他的床边——那床同时也是一张沙发。床底下有个柜子。她猛力拉开柜门，在男孩看来，她仿佛在拖拽一具棺材的侧板。

尘埃围绕她升起，她蒙上眼睛咳嗽起来，随即走回桌边，手里捧着用脆胶带封起来的国际象棋套装。她用叉尖戳破胶带，一个接一个地从盒子里把棋子拿出来，一边把它们摆在桌子上，一边叫出它们的名字：国王、王后、城堡、骑士、主教、小兵。

我不喜欢那些小破棋子，他说。

她瞪了他一眼，然后把他的餐盘撤了，要换上棋盘，但他抓住盘边，对她大声说：不要。

房车被沉默笼罩了，直到他母亲勉强咧开嘴露出半个微笑，并说，她要练习单人象棋。她给自己找够了地方——把棋盘末端搁在桌缘外，看上去像悬崖。

她俯身向前，动了一个白兵，然后把位于同一列的黑卒往上挪了一步。她柔声哼着小曲。很快，棋子就在棋盘四处分散开来。

将军，他母亲对自己说。

男孩戳了戳盘子，看见了上面的湿透的面包之心。他用刀子把面包块在红色酱汁里滚动一番，感到厌倦，直到面包开始有了形状。他用刀尖捣碎面包，看看它能成什么样。他父亲，一个木匠，曾经告诉他，一个男人只要愿意，可以让任何事物成为任何事物。男孩开始飞快地为面包塑形，用刀把它滚到餐盘边缘，吸收更多的酱汁，然后有了确凿的形状。他想起了自己在狱中的叔叔：一间单人牢房，室外的黑暗，逼仄的金属通道上靴子的回声，日复一日刻在墙上的岁月。

　　他丢下餐刀，开始用手指塑形。

　　暮色渐深时，她从沙发里挣扎起来，他还醒着坐在桌边，已经用面包塑了一枚棋子：一名骑士。由于浸饱了番茄酱，它显得僵硬又血红。她把椅子拉近桌边，向他微笑，而他垂下了眼睛。她拿起那块被塑形的面包，再次微笑起来，把手放在他肩头，告诉他，这骑士看起来美味极了。

　　它不是用来吃的，妈。他说。

　　第二天早晨，他等在靠近码头的绿色电话亭外，终于一探虚实。他母亲替换了听筒，打开门。门栓吱嘎作响，如同一声哭丧，她走出来时，脸上如此饱含悲切，仿佛她刚从一次预告她本人死亡的旅途归来。

轮到他了，她说。

男孩没有回答。

她侧身拥抱他，但他躲开了。

我不会回去的，母亲说。他们想让我回去，但我不回去。

我会回去，男孩说。

你要待在这儿，和我一起。

她的声音里有未说出的话：求你。

他一言不发站着，看着她扫视滨海马路。几个孤零零的游客手插口袋站在那里。一对中年夫妇正从车后备箱里拖出折叠椅，并小心翼翼地把它们放在沙滩上，然后紧了紧自己的外套。一个年轻姑娘正被一条贫血的狼狗"拽"着走。一辆贩卖冰淇淋的卡车调高了音乐的音量。他母亲似乎正从一种无形状的过往中捞起记忆，她的眼睛露出那样的神情，仿佛不知道自己是如何来到此地：这座城、这条街、这片电话亭外的海滩。她低头看着汇聚到脚边的自己的影子，用趾尖划着地。

来吧，我们回房车去。

不，男孩说。

我们来沏一杯香喷喷的茶。

我不想喝茶。

回来吧。我们会在茶里倒进一大堆糖，让牙齿彻底甜到腐烂，一直唱歌直到入夜。你加入吗？我们回去吧。求你。

妈，他会死吗？

当然不会，她说。

你怎么知道？

我不知道，她柔声说。

已经死了四个人了，他说。

是的，我知道。

男孩的目光越过她的肩膀，凝望了片刻，然后咬着嘴唇走开了。她看着他离去，衬衫在周身乱飞一气。

海风猎猎，她能感到寒风吹冻了自己的眼角，她的目光追随他，而他走过码头，走上远处的山丘，成为遥远彼方的一粒白色微尘。

男孩昏昏噩噩地闲逛了一个时辰，来到一道缠着有刺铁丝网的篱笆边。篱笆背后是几头绵羊，身上随机染上了红色。他朝羊群扔石头，绵羊四散，他频频拨动铁丝网，想着这振动能否传到其他所有的带刺铁丝网上，而这声音，会不会从一个篱笆柱传到下一个篱笆柱，一路向北传递，直到抵达一座顶上有刀片刺网的矮胖的灰色建筑。

狗杂种，他叫道。

那天晚些时候，他回到镇上，报亭里的头条新闻目光炯炯盯着他。报纸上张扬着一道明艳的紫色旗帜，却没有照片，那甚至不是最大的头条，但他还是买了一份，撕下头版，把它塞进牛仔裤口袋。他感到正用屁股装着自己的叔叔，感到他能活着待在那里，当一切都结束时就会重新出来。

男孩沿着海边的铁轨一路蹦跳，轻轻降落在沙地上。

在码头附近的礁石间，他用剩下的报纸生了一堆火。点着的报纸卷缩起来，他则在一边烤火，暖手。他的眼睛被烟熏出了泪水。他把那篇报道读了五遍，惊讶地得知他叔叔只有二十五岁。他是起义的四个囚犯之一——每死一个人，都会有人替代，活人正踏进死人的身体，男孩觉得这不免奇怪。死亡的过程，他想，可以永远持续下去。报纸上的一个短语一直在男孩脑中回响：屠杀的意图。他纳闷着它是什么意思。他让它在自己舌底滚上一圈，自忖这个短语听起来像他在电视上看过的一部电影的标题。有那么一秒，男孩容许自己想象叔叔出现在一张电影海报上。一场爆炸点燃了他的侧脸，一架黑色直升机划破长空。在他叔叔的下巴下方，惊恐的士兵们狼奔豕突。他们正冲出海报外，被叔叔的目光紧随。

男孩从没见过他叔叔——她母亲从未去探监——但他看过照片，在那些照片里，他的面孔严峻而棱角分明，还有令人错愕的蓝眼睛，头发拳曲，眉毛成簇，一条伤疤在鼻子底部划过愤怒的一道。

这是男孩可以带着行走的脸，即使他知道如今它已变得更加胡子拉碴，头发也长了、脏了、结成卷了，他知道在绝食抗议之前，叔叔像许多其他人那样披一块毯子蔽体，他曾待过的囚室里，他们用自己的粪便在墙上抹出抗议的词句。"粪便抗议"中，有一张照片从 H 街区 ① 偷运出来：单人囚室里的一个囚犯，裹着毯子站在窗边，脑袋后面的墙上涂满了粪便画出的螺旋图样。男孩自忖，一个人怎么可能这样活着，墙上满是屎，地上满是尿。每星期会有狱卒来牢房里喷除臭剂，有时他们的床单被子湿成那样，导致他们得了肺炎。抗议失败时，他们打扫干净囚室，改而采取绝食法。

男孩用脚戳戳火堆的灰烬，把报道塞回口袋。

他一路脚步迟缓，直至走到远处俯瞰码头的山坡，他跑上坡

---

① H街区（H Block），绝食抗议发生地、女王陛下梅兹监狱（HMP Maze）的代称。梅兹监狱位于北爱尔兰贝尔法斯特市西南14公里处，前身是英国皇家空军郎基什（Long Kesh）基地，1971年—2000年期间用于关押准军事囚犯（包括主人公叔叔在内的共和军政治犯），因其字母H形状的建筑物布局得名"H街区"。

去，在野草和石楠中披荆斩棘。

他猛力踢着石楠丛，双手在空中挥舞，朝天空吐唾沫，然后在坡顶扑倒，把脸埋进草丛。在草丛中，他再次看了叔叔的面容，后者如此严峻而憔悴，仿佛是一本教理问答中裁下来的。叔叔的胡须一直拖到胸膛。随着今天早晨的第一场绝食，他的皮肤已经向颊骨两侧拉伸。由于饥饿，眼睛看起来更大了。当男孩翻过身再次仰望天空时，他想，如果真有上帝，那么他毫不喜欢他，他永远无法喜欢他。

他大声咒骂，喊声向水那边传去——海平线已经染上了落霞——海水接住那叫喊，吞下它。他又试了一次。×你，上帝。

一群鸟儿飞起，细声叫着掠过他，他又把脸埋进了土里，诅咒着自己多年前在一场事故中丧生的父亲，现在，他爸爸的兄弟也要跟去了。

男孩自忖，这个他并不认识的叔叔，将是他唯一能认识的叔叔。

药店门外放着一台老式体重秤，他站了上去。但他并没有十便士硬币，于是指针纹丝不动。

他捶打玻璃，把嘴凑到投币口，咳了一大口痰，吐进去。店里一个正在加班的男人从柜台上一小堆药片后抬起头来，看见男孩用嘴巴凑着体重秤。

男孩突然抬起头，然后垂下眼睛，从体重秤上走下来。那口痰从投币口垂了下来。

他开始沿着马路狂奔，他的嘴唇还残余着投币口金属屑的味道。药店老板走到店门口，看着那男孩，后者正在一路跑一路往途经的轿车窗上吐痰，只停下来向后看过一次。男孩看见药店老板摇着头走回店里，身后响起铃铛声。男孩朝他竖起两个手指，然后转身跑向海岬，那儿，只有一盏孤灯在窗边摇曳。

***

在孤零零的高耸的房车里，他被自己的怒火耗得精疲力尽，只得容他母亲在门口抱住他。她用胳膊环着他的后颈，她身上有股微弱的汗水和香水的混合气息。他推开她的拥抱，他们在逼近的夜色里安静地坐着，直到她开始教他下象棋。起先他拒绝游戏，但她坚持给他看棋子能构成的棋局：兵的跳跃、主教的斜移、国王和城堡间奇怪的换位①，王后的多种走法。他开始记住

---

① 指王车易位，国际象棋常见招数之一。

045

规则，伸手去碰棋子，不假思索地快速变换它们的位置。她容许他随便瞎走了几步，他渐渐放松下来，肩膀不再紧绷。他惊奇于骑士的行进方式，如此无畏，如此复杂。他试着布局，和棋子间发展出亲密关系——马的身体，膘肥体壮，仿佛在呼吸，其中却掺杂着人的气息。他绞尽脑汁，想起了自己在学校学过的一个单词：centaur①，他忍住没说出口。

很长一段时间里，他保护着他的一对骑士，当他母亲用主教吃掉了他一个骑士，他懊丧地深吸了一口气。

时钟嘀嗒作响，正当男孩噘着嘴时，发电机嗡嗡轰鸣。

她突然站起来，去冰箱里拿来了他用面包做的棋子。它已经在冰箱里冻硬了，上面的番茄酱依然血红。

你的骑士在这里，她说。

他笑起来，接过它，在耳朵那儿咬了一小口，立刻后悔弄坏了它。嘴里的面包有股腐烂味，他把它吐回手心，重新又装到骑士身上。当他把面包骑士放入棋盘后，他注意到她一直不去胁迫这枚棋子。他开始拿它摆阵，挑衅她，但他母亲只是朝他微笑，躲开他。当棋盘几乎要变空时，她突然把所有棋子拢到一块儿，重新布阵，同时注意不用手指弄脏那块面包。

---

① 希腊神话中半人半马的生物。

男孩捡起了他的骑士。在冰箱外面待了许久，它现在比以前柔软了，而他得不断地弄湿他咬过的一小块地方。

她重开一局，他却大声咳嗽起来。

你为什么不谈谈这事？他问。

我宁肯不。

这真蠢。这里真蠢。我恨这里。

他母亲叹了口气，用手指搓捻一簇鬈发。在她雪白的手中，头发黑得惊人。

政治犯地位，这个词到底什么意思？

意思就是，他们说，战争来了。他们是战争的囚犯，要受到战犯一样的待遇。如果这不是一场战争，他们就只是普通罪犯而已。

这当然是一场战争。基督。

撒切尔说，这不是，所以他们得不到政治地位。

穿锡质七分裤的（Tin-knickers）？

她咯咯笑起来。穿锡裤的，没错。

他注意到她正用从前的北方口音说话，这让他高兴。他把棋子举到鼻子下面，闻了闻它曾经蘸过的番茄酱。

我要给他写封信，男孩说。

他收不到信。

为什么?

那是他们的规矩之一。

我才不管他们的规矩,男孩说。我要给他写一封信,寄到奶奶那里,她会替我偷偷送进去。

你要写什么呢?

我要告诉他,怎样做一套象棋。

你叔叔会喜欢的,她说。

他可以用他们给他的面包做棋。

没错。

他可以用水浸它。

没错,他可以。

他会有大段时间。他可以慢慢塑形。

是啊,他可以。

她身体前倾,伸出手越过桌面,触碰了他的脸,温柔地用手指抚摸它。刚被碰到,他就缩了回来,她的手悬在半空,他可以看见她被自己咬过的指甲。

这不好,他说。你没法弹吉他了。

哦,她说。

她被他的评论吃了一惊,也惊讶于他的声音如此苍老,她抽回手,又开始把头发缠在指头上。

你会去演出吗?

什么?她心不在焉地问。

你会去酒吧里演出吗?

或许明天我会问问。

我们要在这里停留吗?

要待一阵,或许是吧。

吐司配豆子,我快吃吐了。

她极其夸张地滚动着眼珠子,说:这里真蠢。

他瞪着她,内心困惑不解,接着她推了推他的肩膀,两人都微笑了。

来吧,她说,我们再玩一局。

男孩重新放好了棋子。母亲给他演示"愚人的笨招",① 三个回合后,他就学会了阻止这一着——运用那枚骑士,宛如棋盘上奇异又固若金汤的血滴。游戏继续着,这依然是她唯一不去动的一枚子。他学会了保护小兵,学会了在合适的时机王车易位,学会如何在自己最有力的棋子前方组成一支小军队,以及如何在下定决心之前,手指如何按棋不动。

他下象棋吗?

---

① 愚人的笨招(Fool's mate),国际象棋术语,走第二步就被对方将死的败局。

我不知道。

我可以写信去问问。

是的，她说，声音里有巨大的悲伤。

奶奶会把信转交给他吗？

我们得走着瞧。

炉灶上方，一个小架子上的钟滴答作响，带着一种令人痛苦的慎重，在男孩听起来，每声嘀嗒都随着夜色渐深而更加响亮。

我敢打赌，下象棋他一定在行。

或许是的，她说。

他和爸爸下过吗？

在他们年轻时，或许吧。

谁赢了？

这我可不确定，亲爱的。

为什么？

哦，凯文，她说。

我不过是问问。

他母亲让他赢了一局，如此轻易的胜利令他生气。她点燃一支烟，把烟圈吐过他的头顶，他也渴望来一支。当她起身把棋具放回原处，他把手伸向烟灰缸，快速抽了一口，把烟圈吐向自己的双膝间。他扇着空气，以防她发现，然后从桌边站起来，从她的烟盒里扯下一点铝箔，小心地把他的红骑士包起来。他把骑士放在冰箱后方最冷的地方，从内架上取过一个牛奶瓶，用手指戳穿了金色的金属盖。他把瓶子举到嘴边，大口大口地畅饮。他母亲转过身，看着他用袖子抹过嘴角。

嗨，你，她说。

干吗？

抱我一下。

她走过来，抓住他的肩，但他弯腰躲开她的手，走了出去。他能听见她在他身后叹气。她喊他的名字，但他没有转身，于是她走向房车门口，凝视着他消失在夜色中，一阵小雨正飘落。她再次呼喊他的名字。

他拉起衬衫罩住头，向更远处走去，走到一堵石墙边，石墙面朝大海，仿佛一道糟糕的缝线。

在故乡，发生了不少抗议。大量人群排着队，举着照片，一边走下街来一边高歌。有一次他和母亲一起去过。她拉着他的手，那时对他不是问题，因为他才十二岁。他可以感觉到她的紧张，她一路走一路低着头，看着自己的脚。一条蓝色头巾把他们的脸遮住了大半。当她对另一个女人自我介绍时，用的是未婚时的名字。男孩用肘碰碰她。她弯下腰来，叫他住嘴，否则他们立刻回家去。他们随着人群移动，他母亲悲伤又疲惫，给他讲六十年代的其他示威游行。那时他们更加充满希望，她说。有麻烦事，当然，但那是不同类型的麻烦，不那么咄咄逼人，更乐观。她说，今日的麻烦事味道苦涩。

从来没有人知道民权是什么，她说，一边提高了声音，仿佛往事刚从她那儿逃逸，而她对此大为惊讶。

过了一会儿，男孩不再听她说话，只是亢奋地跟着走。他热爱周围喧闹的人声，他自己则摆出一副无畏的架势，手臂在身侧挥舞。他从地上找到了自由共和国的一张海报，上面画着一顶巴拉克拉瓦盔式帽，仿佛这个国家也有一副持枪者的面孔。他捡起海报，挥舞着它，直到风把它刮走，它向后飘去，飘过人群的头顶。他母亲焦躁地点燃香烟。在接近"钻石"的地方，他们第一次听到了关于汽油弹被扔到支路远处的谣言。只要泛泛地想到街头开火，男孩就感到自己手指一阵刺痛，但他母亲抓住他的肘，他们立刻撤回家中，她一路拖着他走，他鞋的顶部几乎要被硬路面刮破了。

他想用脚跟刨路面，她生平第一次打了他，虽然只是轻轻地落在脸颊上。他们正站在一爿肉店门口。那周早些时候，有人放火烧了肉店，一些焦黑的动物尸体依然挂在钩子上。男孩目光掠过她的肩头，瞪着那些在空中摇摆的肉。她并不重的一巴掌仍刺痛着他的面颊，然后他开始哭，他们一同走下街道，她用手臂环着他的肩。

回到凯斯蒙特街上的家，她锁上门，关了灯，着手把一条羽绒被浸泡在浴缸里，她过去也一直这么做，以防万一。

他们坐在黑暗中，听着街道上的声响。

他可以仅仅从轮子碾过沥青碎石路的声音辨别一辆撒拉森装甲车，也可以从直升机哪一侧的窗玻璃声音更大判断它飞行的方向，前进还是后退。他扯下沙发扶手里的填芯，偷偷把那些黄色海绵吐到房间对面。他这个年纪的男孩正在户外扔石头玩。他锻炼出一种专门给他母亲看的愁容，包括提升左边嘴角，把一侧脸皱成一团。一周又一周，暴动继续着，他的愁容也越来越深。

那些参加"毯子示威"的代表开始谈论绝食抗议，关于这个，无线电里有各种漫天的讨论。合法化、赦免、隔离、拒绝妥协、政治犯地位。这些词语在男孩脑中飞转。

他想，赋予人们不同词语来指代正常事物的上帝，一定是个狡诈又心计深重的混蛋。

他们在壁炉台上放了一尊圣马丁·德·波雷的雕像。他母亲喜欢它，她开玩笑说因为它看起来像是阿尔·乔森。绝食抗议开始后，她从壁炉台上取下它，男孩问她为什么，但她没回答。他想，可能是和音乐有关。她在市中心的一家酒馆驻唱。暴动最严重时，她把他带去酒馆，让他坐在钢琴旁的一张小凳上完成作业。她从七点唱到十点。餐馆很安静，她会给他买好多可乐，唱不涉及政治的情歌。她的声音曼妙，有时他觉得是抽了那么多烟使它更为曼妙。他看着顾客们交头接耳。他们是共谋者。他们小声说话，彼此不用名字打招呼。他们弓身在盘子上。在男孩看来，就连盘中食物也仿佛处于一场围城战中。

在夜的终点，她总是唱一首关于带着恋人渡过海洋的歌，然而大海太过浩淼，她不会游泳，也没有飞翔的翅膀。

他和母亲每夜坐出租车回家，他看着她待在厨房里，瞪着后门，手里端着一只颤巍巍的茶杯，烟圈从放在烟灰缸边缘的烟蒂上升起。

她穿着睡袍练习走过黑暗的房间，从厨房开始，沿着门厅一路走，双目紧闭，用脚趾触碰着门垫，探过身去检查门栓，然后转过身，不拉扶手走上楼梯，依然什么都看不见，以便于熟悉整栋房屋的构造，然后沿着楼梯平台一直走到浴室，从那里的悬空壁橱里取出羽绒被。接着她在浴缸边跪下，打开水龙头，整个过程中眼睛一直闭着，两个龙头都开到最大。她会把羽绒被浸入水中，最后扛着这滴水的庞然大物走下楼梯，把它铺到门底，以防外面的街道被大火吞噬。

总是这种奇怪的合作。室外，色彩之弧。室内，湿透的羽绒被。

男孩试图在房车里标出一个单人间、一扇窗、一张床、一罐水、一盏荧光灯、一把椅子、一个充当夜壶的白铁皮桶。他待在自己的空间里，不越界，饿了三小时，她才回家——他觉得她满脸泛着醉酒的红光——她运来不少杂货：香肠、鸡蛋、奶酪、黑布丁、三条新鲜面包。

我得到那份工作了。

你听到什么新闻了没有？

每周两晚，她说。

妈，有什么新闻？

这不是很棒吗？

妈。

她在桌边坐下，点燃一支烟，看着烟灰坍塌，闪着星星红光。第一天，他去看了医生，她说。他们称了他的体重，量了血压，那一堆事。给了他一只冷却器，还有一些盐片，然后把他关进了单人牢房。

盐片？

我想他必须服用那些，才能……

盐不是一种食物吗？

我不知道，亲爱的。我不这么认为。

他喝多少水？

一天几品脱吧，我猜。

他的体重轻了多少？

哦，上帝，我不知道，或许一磅，亲爱的。或许更多。

男孩思忖了一会儿，接着问：他没事吧？

我想他不要紧。他们会在他床边放食物。

他们什么？

他们在他的牢房里放上了食物，预防万一。留在床边。用一个推进推出的轮上托盘。我听说比他们给过他的任何食物都要丰盛。每根薯条，每粒豆子，他们都会记数。

猪猡，男孩说，他很高兴她没有骂他。

奶奶去探监了吗？他问。

不能探监。监狱里有个神父。晚上他给她打电话，告诉她发生了什么。还有一些人也和她保持联系。还有纸条，他们在卷烟纸上写字，把它们偷运出来。

耶稣，他们的字一定小得疯狂。

她咯咯笑了一声，抽完最后一口烟。他注意到她这支烟比往常任何时候都抽得多，一直烧到过滤嘴那里，所有的白纸都烧焦了，而她的手指是一种黑黄色。

他会给我写一张纸条吗？

这你可不知道，但我敢肯定他累坏了。

等能够探监时，我们可以去探视吗？

我们走着瞧吧。

一个念头突然攫住了他，他问：他现在多重？

她吓了一跳，说：完全不知道，亲爱的。

大概多重？

我不知道，亲爱的。我都不知道多少年没见过他了。你父亲和我结婚时是我最后一次见他，他是引宾员之一。西装笔挺，兴高采烈，系着蝶形领结，看起来风度翩翩。但现在，哦，我连想都想不出来。

大概多少，妈。

她皱紧眉毛：大约十担半吧，[①] 但你不应该想这个，亲爱的，他会没事的，你不要那样去想，这没好处。

为什么？

啊，行了吧，亲爱的。

---

① 旧英制重量单位，每担大约相当于14磅。

行到哪里去？

年轻人，请你别逼我……

是你说的，"行了吧"。

我说，够了。

再说一遍？

够了！她叫道。

什么够了？他低声说。

她一拳捶在桌上。死寂。

他又进入他的单人空间，躺在薄薄的黄色弹簧垫上，手臂折在脑后，盯着天花板，想象自己进入叔叔的身体，发白的指关节紧紧抓着床沿，刀叉挂在暖气管上，逼仄的金属小径上传来的靴子声，狱卒的嘲讽，窗外飞过铁丝网的直升机，朝着大门外的守夜人眨眼的烛光，逐渐微弱的灯火，含糊不清的祈祷声，胃里传来第一阵轻微却疼痛的咕噜声。一盘鳕鱼出现在身边的桌子上，配上一片柠檬，还有一大堆薯条。一个苹果馅饼，还有冰淇淋。一袋袋配茶的糖。小盒里的牛奶。一切都精心排列在床边，为了最大程度地诱惑他。远处的某间牢房里传来一声尖叫，其他轰鸣开始在整座监狱里回荡。有传言说一个狱卒来了。隔壁监狱有人给男孩递了一支烟，用一截鱼线把它从地板那头送过来，停在他囚室外几英寸的地方，他跪下，用《圣经》的一页纸去捞门框下的烟。这烟卷刚刚薄到足够通过门缝，他仰面躺下，把它点着——用火柴擦自己的拇指盖——他把烟又深又用力地吞入肚中，往天花板吐出烟圈，可就在这时，他母亲走过来，越过了他"单人囚室"的边界，站在床畔俯视他。

好了，年轻人，她说。如果你听话，我就给你一份特殊礼物。

她把他从囚室带到胶木桌边，桌上放着她准备的全套煎点，一开始他推开了，但后来，他还是叉穿了香肠，戳破鸡蛋的皮肤，把新鲜面包蘸上黄油，怒气冲冲地吃起来——这怒气让他胃疼。看着空荡荡的盘子，他想象它是满的，然后他用自己的"囚毯"盖住它，呻吟着，试图止住饥饿带来的疼痛，以及所有安静的、必要的战栗。

笔记本的平行栏中打卡如下：

第一天	147 磅	66.8 公斤
第二天	146 磅	66.36 公斤
第三天	144.9 磅	65.86 公斤
第四天	143.9 磅	65.4 公斤

他坐在桌边，看着自己的餐点，把食物推到盘子各处。每天都传来即将到来的和解的消息，但传言总会被击碎，甚至无线电播音员的声音也开始充满疲惫。报纸上印着他看不懂的卡通。他试图读社论版，而"突破点"这个词在他听来模棱两可。

他想起多年前德里市的一场雪融，它使得一只被遗忘的灰狗的尸体重见天日。太阳一出来，腐臭味就升起来。

他决定，他将不再进食。当母亲没在看时，他把盘中的鸡肉和米饭扫掉，只喝水。他仰躺在床上，试图在脑中起草一份声明——他将拒绝进食，直到他叔叔的所有要求得到满足：穿自己衣服的权利，收包裹和被探视的权利，再次被赦免的权利，拒绝在监狱里服苦役的权利，自由社交的权利。他并不完全明白这些要求，但他在夜色中自顾自轻声说出口，一边与腹内的阵痛做斗争。醒来的时候，他口干舌燥。

早餐时，他把自己的玉米片取走，倒在了室外的深草丛里。

那天下午他拉直身体，想着自己的肚皮已如何平瘪。男孩在自己身上寻找他叔叔身体的线索：胸腔空洞，肋骨紧绷，光秃秃的手臂起着皱。他母亲发现他正盯着镜子看，但她什么也没说。他突然离开，在悬崖表面游荡，并在一处小海湾附近的一间废弃的沃克斯豪尔工厂里度过了数小时。他在轮椅上坐着，面朝破碎的挡风玻璃，然后往家行驶，沿着狭窄的乡间小路向城里出发。操纵杆在他指间咔咔作响。加速器碰到了地面，而他握杆的技术格外精湛。他碾过路障，躲开一架黑色直升机的追随。一群戴面具的人在路边等他。他接上他们，他们一起向东行驶，向监狱驶去，驶向他们自己的突破点。

晚餐时他问，自己能否独自在室外吃，母亲同意后，他走了出来，感到头晕目眩，腹内感到一种单调的抽痛。他把盘子里的食物扔到早上扔玉米片的草丛边，大部分玉米片已经被海鸥们叼走了。

女孩站在比油桶高的地方，等着它加热。她长得很周正，当她看他第二眼时，他有些尴尬。外面，教堂钟敲响了十一下。他现在已经绝食了三十四个小时。糖果架子上方挂着意大利足球队的一张照片。收银机上固定着一座小圣像。他掌心出汗，把硬币从一只手换到另一只。你是今天早上的头一个顾客，她说。他点点头，在柜台前的不锈钢金属片中端详自己的倒影。它使他的脸显得一会儿胖一会儿瘦。他不断踮起又放下脚尖，剧烈地皱着脸，直到柜台后的女孩开始咯咯笑他才停下来。

终于走出这家薯条店时，他哭了。醋的味道如此剧烈，事后他连续几天都能在手上闻到。

第八天	140.1 磅	63.68 公斤
第九天	139.3 磅	63.32 公斤
第十天	138.6 磅	63 公斤整

皮艇比平时出来得早。他看见那对年迈的夫妇如何在水中优雅地使着劲，此刻他恨他们，恨他们孤独的欢愉，恨他们齐心协力击打出的节奏，恨他们在一言不发间对彼此动作的熟稔于心。

他感到自己是黎明时分一名孤单的狙击手，正俯视那对夫妇。

他们驶出了有一百码，与海岬平行运动。波涛上下颠簸着小船；它可能是一架心脏起搏机中唯一的心跳。更远处，有一些早早落下的浪尖，但皮艇从未驶离自己的轨道，船桨划破空气，船头侧对着碎浪。在海面上，它黄得惊世骇俗，仿佛大海决定要给它超出份额的色彩，并且只有那对穿着土气的老夫妇能够稀释那颜色：男人穿着蓝色工装衬衫，女人穿着灰色连衣裙。

男孩自言自语：砰。砰。

站在房车的台阶上，他母亲正用眼角余光看着他。开始绝食后，他便秘很严重，但他没告诉她原因。她给他吃了一些药，这让他呕吐，但现在他告诉她，他感觉好多了，他想去城里走走。

她把手伸进牛仔裤袋，深挖了几下后掏出一枚五十便士的硬币，递给他。

五十便士？

是啊。

我拿五十便士能干什么？

得到比花一磅钱少一半的麻烦。

男孩吃吃笑起来。

挺公平，他说。

他跑下山坡，用一根棍子抽打着荆棘。山脚下，早夏的寒意钻进他的衬衫，他用双臂抱紧自己。

远处海面上，皮艇变成了一个小点。

城里一条巷子里住着几个年纪大些的少年，他透过电子游戏室的窗口监视他们。一块蓝色霓虹灯牌的光在他们身上忽明忽灭。他们同样穿着黑色瘦腿裤和白衬衫，但头发比他短，并且有鬓脚。看见他们戴着黑臂章，他微笑了。他想走出去，告诉他们，他叔叔正在进行绝食抗议——他们会带着敬畏看他，周身颤栗，会知道他是条硬汉。他们会与他分享香烟，帮他取个外号。

他会给他们展示自己的小刀，再撒个谎，说说自己是怎么像剖野鹿一样把一个大兵从脖子砍到肚子。

其中一个少年鬼鬼祟祟地四下张望，男孩惊恐地发现他正把一袋毒品凑到嘴边。

男孩立刻转过身，把他的五十便士放进了游艺机。机器亮了。他打着游戏，眉毛上沁出一颗汗珠，深巷里少年们依然把脸凑在塑料袋前。他好奇嗑药嗑高了是什么感觉。在老家，他从没见过任何朋友嗑药——他家隔壁曾住着一个毒品推销员，她最后被人用子弹射穿了双膝。他曾听见她走下街道，拐杖敲击着路面，一种刺耳的金属语言。深夜她打开音响时，他能听见她用拐杖在地板上打着拍子，可当她重操旧业，义务警员踢开她家大门，往她肘部射了两颗子弹，又往脚踝里额外射了两颗，那之后她就彻底失踪了，有人说她去了英国，在轮椅里卖毒品。

他又朝巷子里偷偷瞥了一眼。

他们正把袋子吹进吹出，看起来像一颗奇异心脏的搏动。他们在吸食的间隙抽着烟，其中一个少年漫不经心地把一支点燃的烟夹在耳后，烟圈在他头顶缭绕升起。

男孩拍拍自己的口袋，骂自己把钱全花在了一局游戏上，但他的确连续两小时操纵着游戏机，直到手指生疼，当他再度将视线投向巷内，那帮小伙子已经离开。地上只有一圈烟蒂和一摊呕吐物。巷道尽头的地上有涂鸦：碾碎 H 街区。越过涂鸦写着一行字：愿议员波比·桑兹安息[1]。他向涂鸦致意，要是自己带着喷漆就好了，就可以把叔叔的名字用醒目的粗体字喷遍全镇。

大海把波涛掷上沙滩，远处的水面上，他发现了几条渔船。其中一条升着黑旗，自客舱舱顶起挂满了爱尔兰的三色国旗。男孩一路跑去海边，向那条船挥手，没有回应。他于是沿着沙滩粗粝的边界走着，一路吹着口哨。

祝贺你们，他对渐行渐远的渔船说。

他脱掉鞋子，玩闹地用脚拨拉着海水，看它敢不敢弄湿他的鞋。冰冷的沙子汩汩地吸着他的脚。他发现自己在笑，但他不知道自己是否该感到高兴，在这古怪的小镇，这古怪的海滩，在这古怪的孤独中。

他往水里去得更深些，直到海水漫到脚踝，他踢起水花，溅起的水滴在空中成形并画出抛物线。他上学时唯一喜欢的学科就是数学，尽管没告诉过任何人，他此刻思忖着是否可能为一颗水滴的弧线画出图表。会是一张诡异的图表，他想，要在千分之一秒中捕捉它从一条轴到另一条的行进。他可以为运动中的水设计

---

[1] 波比·桑兹（Bobby Sands，1954—1981），1981年绝食抗议的领袖，爱尔兰共和军成员，在梅兹监狱绝食期间作为"反对H街区党"一员被选举为英国议员，绝食66天后在监狱医院中去世，另有9名绝食者也在这场抗议中身亡。

一个公式，只有他自己能破译。

海水不再寒冷，没过多久，他开始沿着沙滩奔跑起来，狂乱踢着水，一路狂笑，甚至海洋似乎都注定要接受他既成事实的欢乐。

他向着波涛喊叫：来挑衅我啊，来啊，冲我来。

海水没到了膝盖，他在空荡荡的沙滩边跑着，仿佛一匹花斑马在空中伸长着脖子撒蹄飞奔，直到他突然满脸通红地停了下来。

码头上坐着三个女孩，从一侧晃荡着腿。男孩知道她们正彼此耳语着关于本人的一个秘密。他垂头丧气地沿着海滩走，又往空中蹦跶一下，万一她们在看呢。

他爬过码头，走出她们的视野，然后坐在礁石上，从衬衫口袋里掏出一段烟蒂，动手在阳光里烤干它。

等待的时候，他看着女孩们走上沙滩，坐在一起分享一个蛋筒冰淇淋。一个女孩站起来脱掉了红色套衫。她有一头金色短发，胸脯在白衬衫下鼓起。当她举起双臂放到脑后拉伸身体时，他勃起了。他躲在一块巨大的礁石后面，用手爱抚着自己那儿。他边自慰边看着女孩继续拉伸，用脚趾在沙地里犁出一道痕迹。他紧盯着她的后背不放，当她再次把胳膊拉到脑后，他覆上了另一只手。他闭上眼睛，咬紧了双唇，结束后，收好阴茎，飞快地四下环视。

年迈的夫妇正把皮艇驶进码头。他们弯腰忙于划桨，没看见他，但男孩在附近一块岩石上擦干手掌时还是觉得羞耻。他捡起一块小石头向远处扔去，它在空中画出弧线，轻轻落入离皮艇大约十码的水中，这使得老人转过身，一脸迷惑。

滚蛋吧，男孩低语。

她正站在房车门阶上，看着一面小小的手镜。她嘴上抹满了口红，舌头舔着牙齿。她看上去很美，他对此很生气，想叫她把口红擦了，但他知道她不过是在准备演出。她会魅惑地向麦克风俯身，唱一首关于女人用黑天鹅绒丝带绑起发辫的歌。

妈，我想戴一条黑臂章，他站在门阶上说。

啊，别闹，现在别闹，求你。不行。

咳，为什么不行？

因为我说不行。

我想要。

听妈的话，行吗，当我说不行——

我看到城里有些男孩戴着呢。

你不需要。

我还见过小姑娘戴呢。

他语气夸张，她低头看着镜子，用食指触摸镜面，仿佛可以在那里找到写好的答案。不行，她说，她念这个词时似乎有很明显的南方口音，仿佛她更换了出生地。

男孩压着嗓子叨了几句，推开她走进了房车，然后他看到一台便携式无线电放在厨房桌上，上面捆着蓝色丝带。

他母亲走进门来，周身被光笼罩。

我想你不会愿意自己下单人象棋，她说。我想给你买点什么。一份礼物。我在外面工作时，你或许能偷听某个电台。

男孩举起无线电，开始调频，传出了一些沙哑的音乐。他把它凑到耳边，开始晃动身体。

你父亲和我年轻时，有次我们在波特鲁士度假，酒店房间里有台无线电，我们常收听一个名叫卢森堡电台的频道，她说。有时前台态度恶劣，你父亲就拿起无线电在房间里走圈，有时我会因为那些歌是他唱的——

爸爸年轻时也有无线电？

当然，你爸爸是德里市第一个听滚石乐队的人。

是他们唱了《我永难满足》。

没错。

我叔叔喜欢什么音乐？

我肯定他喜欢一样的东西，她说，接着踌躇了片刻，看看男孩，补充道：我敢肯定你叔叔也有一台无线电。

像这台一样？

或许吧，谁知道呢。

有天线，还有其他零件？

有可能。或许他听的歌也和你爸爸一样。《红糖》或者《下等酒馆的女人》。你知道，那是个音乐的黄金年代。

是啊。谢谢你，妈。

你喜欢吗？

喜欢，是啊。它太酷了。我爱死它了。

这样你待在这儿就不会孤独了。

他把调频按钮拨上拨下，收到的大多是些微弱的信号，唯独一个盖尔语电台的声音又响亮又陌生。

他拂了拂头发，说：妈？

什么，亲爱的？

但我还是想戴黑臂章。

她摇摇头。你会让教皇犯心脏病的，她说。

一个念头突然闪过脑海，就在她要跨出门去时，他问，他叔叔的血压是多少。

我不知道。我怎么会知道？

只是好奇而已。

你有时真是个怪小伙子。

正常的血压是多少啊?

只要你在身旁,这个值就过高。她笑了。

我是认真的,妈妈。

七十到一百二十之间吧,我想。

他想象在这两个数字之间画上一道横线。

她在镜中再次观察自己的口红。享受你的无线电,她说。午
夜前我会回家。别忘了锁门。

她走出房车,他注意到她穿着非常紧身的裤子,吉他盒甩在
身侧。琴盒上贴有来自全国各地的贴纸,他常常想,她看起来就
像随身携带一张地图一样:都柏林、贝尔法斯特、利默里克、科
克,全都贴在琴盒侧身。她的皮夹克看起来也已饱经风霜。多年
前,她和他父亲曾和另外三四位音乐家一起驾驶贝德福德搬运车
周游全国。他父亲是巡回乐队的管理员,亲手搭建特殊木头支架
供表演者坐下。但巡回乐队的岁月早已过去,他父亲也已去世多
年——死于发生在基尔达尔郡的一场交通事故,那次他的右前胎
爆了,打滑的车失去了控制。那一年,男孩七岁。他试图追忆葬
礼的情形却是徒劳,浮现在眼前的只有一些影影绰绰的人形——
肩上扛着一只箱子,后来他俯身下去亲吻那只箱子,然后它就被

放入了灵车后座。

他把无线电抱在胸口，目送母亲离去。

她非常小心，踩在从海岬那里一路蜿蜒到这里的泥泞小道一侧。她在走过的地方留下了足迹，野草再一次被压低，仿佛承载着她和她去过的所有地方的记忆。

当她彻底从视野里消失，男孩打开他的帆布行李袋，取出一件破旧的黑T恤。他撕下一道布条，把它高高缚在自己的手臂，它看起来像一块厚重的带状刺青。他硬挤出肌肉时它绷得很紧，他在镜子里打量了一会儿自己的倒影。

你看上去不错，伙计。

咳，我还行。

非常适合你。

是的，没错。

你可以把某些人踢出屎来。

我可以，没错。

痛打一顿。你就是担任这使命的人。千真万确。

我的确就是。

他再次把无线电凑近耳朵，在房车里他自己的地盘内打转。要走完一圈只须迈七步。他注意到在一面临海的窗边信号最好，于是待在那儿，倾听远方传来的微弱的讯息，一支他能跟唱的大卫·鲍伊的歌。他听说监狱里也有无线电，很小的透明仪器。零件是偷运进去的，囚徒们偷偷把它们藏在面包里、腋窝下、肘弯里甚至是肛门里。他们在自己的囚室里把零件重新组装，有时候，把透明零件放入嘴里、倚近窗口时信号最好，于是他们的整个身体变成了正发生在他们身上的新闻本身。

男孩把无线电的天线拉长，把天线放入嘴中。声音并没有更加清晰。

他站着，眺望海洋，鲍伊的歌声正在减弱。夕阳触碰到海平线后就开始飞速沉落。空中的色彩流着血消逝，变得暗影幢幢。他随着无线电的声音摆动身体，思忖着，黑暗不是降临，却是从海底升起，然后开始在我们身边呼吸。

| 第十二天 | 136 磅 | 61.8 公斤 | 120/70 |
| 第十三天 | 135.2 磅 | 61.45 公斤 | ? |

他在梦中辗转，当她把自己的睡袋拿到他床边，钻进去睡在他身旁时，他羞耻地把脸转向了墙壁，她说听见他在翻来覆去。她身上散发酒吧的味道——头发里是香烟味，嗓子已唱得沙哑——男孩想，不知她工作时高不高兴，他希望不会，他无法忍受她在大笑的念头。

他能感到自己手臂静脉中血液在加速流动，他蹑手蹑脚松开了那块绑得很紧的黑布条。她给自己的睡袋拉上拉链，碰碰他的头发说：一切都会好起来的。

男孩往墙壁那头挤了挤，咬到了自己的舌头。

是一间可爱的小酒馆，她说。好多游客。他们给我放了一个小费罐，我可以赚几个先令。是那种从前放糖果用的老罐子。我先在罐底放了一英镑，以确保所有人都放进纸钱，几乎所有人都照做了。这不好玩吗？我们最终会喜欢上这里，等着瞧吧。

你听到什么进一步的消息没有？

早些时候我在码头边接到一个电话，是你祖母打来的。

我们什么时候能安个真正的电话？

哦，总有一天会的。

她说了什么？

她说，她爱你。

她总是这么说。

她说，她希望你变得强大。

强大，他说，提高了声音，随后又低沉下去，他自忖，是否仅仅在一个单词内他就有两个分身，同时是男孩和男人。

一个人在绝食抗议中，他问，血压会升高还是下降？

你问的都是些顶顶稀奇古怪的问题。

好吧，他说。升还是降？

我不知道，他母亲回答。我想两头的数字都会浮动吧。为什么问这个？

咳，没什么原因。

你是个谜。

好的那种谜？

是的，善谜，她笑了。

我不想成为谜。

好吧，那你就不是。

咳，妈妈，他说着，径自向墙壁转过身去。

他听见她在睡袋里沙沙挪动，试图睡得舒服些。第二天早晨，他惊讶地醒来，警惕地发现自己竟然在母亲身边睡着了，母亲在一边轻声地喘气。

海滩上立着一根旗杆，上面挂着一只红白相间的救生圈。暮色已深，他趁母亲去酒吧卖唱时走到这里。

海滩上空无一人。被风吹得四散的垃圾沿着沙滩漂浮。划皮艇的老夫妇家中亮着一盏明亮的灯，男孩想象那是救生员的房子。他向同志们挥手，开始朝旗杆投石子。起先大部分都打不中，但逐渐有更多的石块在杆木上留下凹痕。他发展出一种固定的投掷节奏，所谓旗杆，结果是一名穿防暴装备的士兵。救生圈是他的盾。士兵有张娃娃脸，说话口音是伦敦腔。男孩向后退，扔了一块石子，砸中了"旗杆"的眼睛，士兵高声尖叫。血液自眉毛流下，男孩在沙中跳着舞旋转，朝半空中踢了个完美的功夫脚。他又扔一块石头，这次瞄准了颈部。男孩曾听说这是军事装备遮蔽最少的地方。

在北方老家，入夜后他从不被允许外出，但现在，他在沙滩上开始了自己的暴动。

×你，他叫道。

士兵双膝蹲下，但仍未能躲开石头，石块把他砸得踉跄后退，此时警报尖啸，海面上运来了燃烧弹。男孩扯下自己的T恤，包住脸，充作盔帽。他向前飞跑，向"旗杆"吐唾沫，当他转身时，士兵企图从背后袭击他，但男孩算准时机躲开了。他转过一圈，一脚踢中了士兵的脸，血从后者鼻子里喷涌而出。

你要试试，对吗？来吧。站起来。来呀。

远处，他听见了撒拉森装甲车熟悉的嗡嗡声。

他走过去，把拇指按在从伦敦来的士兵的脖子上。他说：叫你的人下岗，否则我就杀了你。士兵顺从地点点头，装甲车撤退。

他开始在海滩上捡拾，寻找合适他手掌的石块，他投出的石块可以干净利落地划破长空。

这是落潮时分，他在海滩上负责各种不同的岗位，用石块砸旗杆，旗杆变成了三名士兵，都站在彼此的阴影中。他躲开他们的橡皮子弹，从屋顶上对他们大肆嘲笑。

来挑战啊，你们这帮操蛋的。

在这场夜间暴动的末尾，他走向旗杆，微笑着告诉士兵们，男人必须去做不得不做的事。他说，他们不过是一帮愚蠢的手淫者，他们难道不知道？士兵们承受着难以置信的疼痛，尖叫着，其中一个人从脚向上开始自燃。男孩吐口唾沫，把火灭了，并以伟大的人道主义允许士兵们活命。

第十七天　　　134.6 磅　　　61.18 公斤　　　110/68

＊＊

一天夜里，他在海边待到将近午夜，这时他看见母亲从酒吧背着吉他返回，看着她的影子被球形灯光打断，随后黑暗吞噬了她。

她走了一条远路，因此男孩抄近道跑上山坡，比她先抵达房车。

他母亲这次没有拿着睡袋睡到他身旁，而是走到他床边，吻了吻他的头发，告诉他，她爱他，把他抱入怀中，她拥抱的重量令他尴尬。他希望她身上有酒精气味，或是某种如此此类的僭越，他就能借此抽身，然而什么味道都没有。

这是第二十一天，她告诉他，他叔叔轻了十七磅，食物依然摆在他床底，犹如生与死之间的春分线。他还在监狱楼里，但很快会被转移去监狱医院。据说他精神还不错，尽管某种咳嗽撕扯着他的胸膛，并且他难以咽下水。多年来他第一次开始读书，诗歌，还有叶芝的一部剧本。当他打开囚室的防风玻璃窗，他可以听到监狱门外的橙带党员敲响兰姆博格鼓，这对他宛如一场漫长的折磨。

她给他一份报纸，他惊讶地记起，别人也有生活。一名老妇人被一名士兵枪杀了，后者以为她拿着的伞是一支来福枪。一名年轻的父亲在走出母婴病房时被枪杀了。一名来自法国的走钢丝艺人在试着行走于架在德里两栋房屋之间的钢索时被烧死——燃烧弹击中了他的膝盖，火焰在他身边高高升起，而他坚持行走于钢丝之上，直到最终坠入福伊尔河中，平衡杆消失在下方黑暗的河流中。街上的暴动比以往任何时候更加严重：着火的路障，催泪弹，橡皮子弹，检查站。

依然没有任何关于"突破点"的新闻，尽管一些国际委员会已经介入；所有人都在呼唤解决方案，解决方案必须尽快到来，这一点不可避免。

他母亲说，有时她纳闷是不是所有人都把自己的理智这儿撒一块那儿落一块，失去了健全的理智，整个世界已经疯狂，事态已经分崩离析。

史上最长的一次绝食抗议持续了多久？他问。

六十几天。

最短的呢？

哦，求你了凯文，我们别再谈论这个了。

大概是四十天左右，对吗？

上床去吧。儿子，求你了。

我不过是问你问题。

我也不过是叫你去睡觉，请吧。

他无法入眠，凌晨四点起身，蹑手蹑脚走过房车，从母亲的手提包里偷了十八磅，然后去了城里，路上绕开了墓地。街上死寂而阴森。星星在他头上各就各位地低垂。蝙蝠骚扰着路灯。他向城里的三盏交通灯都投了石头，把其中一个的琥珀玻璃灯罩打碎了，他发现自己正穿越街道一路飞奔，想象有警察在追捕他。

曙光在山那边浮现，阳光将城镇啃噬出了形状。

他沿着海滩路走，直到搭上顺风车，那是一辆农民运货卡车。农民一路谈论着青贮饲料，他则阴郁地坐着。农民说，青贮的价格已经足以让爱尔兰政府低声下气。青贮饲料是他们无法忽略的问题。青贮是他们在这里赢得选票的原因。农民身上有股醇厚的酒味。换挡时他弓着身子。有一次，他把手放在男孩膝头说，在北方，青贮是个严肃的问题，联合主义者已经为此武装起义。①

男孩坐在座位边缘，一手紧握着车门把手以备万一，直到他终于在市中心被放下了车。

谢谢，他对农民说，压着嗓子嘟哝了一句：你这个胖傻×。

城里熙熙攘攘。观光车在角落里推搡。汽车在他身边倾斜。音像店里打出歌声的嗝。一根电线杆上挂着标语，上面写着：**支持绝食抗议！**多米尼克街的一座阳台上飘舞着黑旗。男孩向空中挥舞拳头。女孩们穿着特别紧身的牛仔裤，他能通过 T 恤的布料看到她们的乳头。你们开远光灯呢，他小声说。他弯下腰，平复自己的勃起。他在一条巷道边给一条流浪狗唱了一段小曲。

我会被毁掉，你不会。

滴得沥—滴哆—哒。

你是一条狗，我是一个人。

滴得沥—滴哆—哒。

---

① 联合主义者（Unionists），主要由希望北爱尔兰留在英国内的新教徒构成。

在汽车站，他买了一张票，然后去打游戏，直到扩音器里宣告巴士抵达。他大摇大摆上了车，一边还在唱歌。

当司机在麦克风里宣告从多尼格尔到德里的转车信息，男孩又向空中挥了一拳，说：英国佬出去，老子进来。

车开了才半小时，两个警察上了车。他们告诉司机，他们在找一个深色眼睛的逃犯，他从高威买了一张票，一直逃到北爱。他在后座里滑下去，但一个警察碰了碰他的肩膀，俯下身，大声说出了他的名字。他开始哭泣。你妈妈担心死了，他们说。他们领着他穿过一排排座位下车时动作很轻柔，其他旅客瞪着他们。

当他们从高威沿海岸线驱车时，他请警察鸣响警笛，警察同意了，他坐在后座上咧嘴笑，注意不让警察看到他。

第二十四天　128.9 磅　58.9 公斤　110/65　被转移至监狱医院

现在，晚上她和他一起待在家里，她在一本记事簿上写歌。他偷偷看过一眼那个本子，注意到她用花体字写下了他父亲的名字，周围还圈了个爱心，像个女学生似的。

大部分歌都是关于爱情的，他发现她很喜欢在歌词里用到"海洋"这个词。每晚夜深时，男孩可以听见她柔声哼着歌谣——她以为他已经睡着。

他保证过她，再也不会逃开，所以周末她又去酒吧驻唱了。她告诉他，这是他们唯一的经济来源，她需要能够信任他。他再度发誓，说无论发生什么事他都不会再出走。他在房车里搜寻无线电频道，跟着一些电台唱歌，感到厌倦，发现自己在想象美丽的女人敲门。他躺在床上自慰，用纸巾清理现场。他留心不让她发现垃圾桶里的纸巾。过了几天，他开始偷偷去镇上，站在酒吧背后灰色酒桶的桶沿上，看着她。她唱歌时闭上双眼，嘴唇距离麦克风很近，紧紧抱着吉他，脚跟着歌曲打节拍。那一小拨人看起来都笼罩在烟雾中，男孩希望他们能给她更长久、更响亮的鼓掌，能在小费罐里放入纸币而非硬币。

在一首叫做《费格斯帆船》的歌曲终时，一个年轻人向他母亲飞了个吻，男孩觉得他应该走进酒吧，打落那个混蛋的牙，但他转过身，向捆在酒吧后的一只老阿尔萨斯狼犬咆哮起来。它把鼻子在地面上压平，当男孩扔出一块石头，它生气而疑虑地起身，大步跑开，直到拴它的锁链尽头。

第二十七天　127.3 磅　57.8 磅　　110/60

第二十八天　126.8 磅　57.6 公斤　115/68

第二十九天　126.3 磅　57.3 公斤　110/59　今晚，那些混蛋

摆出了足够喂饱一整支军队的食物

第三十天　　125.9 磅　57.2 公斤　105/65

天气愈发晴朗，海滩上开始有各种游戏。泳装和比基尼的奇特聚集。女人们拉高了裙子踩入浅水中，一束束光照亮了落下的波浪。一个小孩往空中抛了一只彩球。冰淇淋车播放着它尖细的乐曲。游泳者的泳帽冒出海面。更远处，一艘油轮看起来像是被钉在了海平面上。

他母亲给他买了一条黑短裤，但他拒绝穿，现在，他感到了长裤背面的黏涩。他渴望脱掉裤子，却面无表情地站在海滩后面，内心诅咒着自己。他卷起衬衫袖子，注意到手臂上袖口以下的部分都已被晒黑。

升起的太阳缩短了他的影子。他纳闷着，如果自己合扑到沙滩上，自己的影子会否站起来，看着他？

他在海滩上看到了那个金发女孩。她这次穿一件红色泳装，把一台小收音机举在耳边。他一动不动地陷在沙中观察了她半个小时，然后走近水边。鞋让他浑身不自在，他终于脱掉它们，把它们绑在一起，把袜子塞进鞋里，然后把鞋挂在脖子上。黄沙吸吮着他的脚趾头。女孩压根没抬眼看他。她用小臂遮挡太阳，他想，如果他有钱，就要给她买一副遮阳镜。他会走上前去，把眼镜递给她，然后坐在她身边。他们会安静地坐在一起，任皮肤晒成古铜色。过不了多久，他们将会接吻。

他开始沿着海滩跑步，回头望向她，然后在远处的防波堤那里转弯，爬上台阶，再绕回来跑一圈。他想到可以给祖母打个电话，但拨号的总是他母亲，他连号码都不知道。

一阵清新的海风将垃圾聚集到路面上，他走过了那条巷子，那几个大龄少年正在吸毒。他们在他身后喊他，他加快脚步走了，在夹克下向他们竖起两个手指。

冲我来啊，他压低嗓门说。

你想要挑衅，不是吗？

那么来吧。

我要把你的牛黄狗宝都踢出来。

他发现自己突然站在那对老夫妇屋外。那是一栋刷白了的平房，前门车道上有玫瑰正绽放。房子看上去很旧，仿佛曾经沉入十年前的岁月，被海洋的时光磨损。窗框烂了。房顶上少了几片瓦。大门被他的手触碰后颤抖起来。他犹豫了一下，拔开了插栓，却又转身走开。他走到码头边，背对码头上一根系船柱坐着，抽了一支烟，接着鼓足勇气，紧张地走上了那条小路。老先生开了门。

我能借皮艇一用吗？

抱歉，你说什么？

如果我只待在离岸很近的地方？

老先生微笑了，他说，请等一会儿。

男孩惊讶于老人操着外国口音。他无法确定那是哪里，有那么一瞬，他惊恐地担心他是英国人，但那口音并不含什么英国腔。英国人，他想，是用银钳发音的。他们说话的方式，就好像每个词语都被佐以司康饼，放在瓷器杯里送上来。要不然，他们就像士兵一样说话，以威胁和恐惧卷着那些单词。这老人的口音不同。听起来像是其中含有沙砾，仿佛老人的喉头有石子。

老人拖着脚步从屋后走出来，拿着一件救生衣，他招呼男孩到皮艇倚着墙壁的角落那儿。通过过去的观察，男孩知道他必须把皮艇高高扛过头，看到他把双桨的重量平衡在双肩上，老人赞许地点点头。他们努力穿过了玫瑰花丛。

很轻，男孩说，尽管那船比他想象的重多了。

他们向海边走去，老人看起来像是正走向往日的岁月。

他们花了很长时间才铺好防止船内进水的防水布，然后老人把唯一一件救生衣递给男孩，叫他系上带子。

男孩朝海滩上穿游泳衣的金发女孩瞥了一眼，尴尬地涨红了脸。

我不需要救生衣。

穿上。

为什么？

老人微笑了，男孩穿上了救生衣。

你知道，我会游泳。

我没问你会不会游泳。

很公道，男孩说。

是涨潮时分，不需要用绳索把船放下水。他们让它泊在水面，老人爬下几级台阶，技巧娴熟地爬了进去。他说，从码头把船放下很危险。只是懒人的权宜之计，因为他不喜欢一路扛着船去海滩。男孩惊诧地发现爬进船里是一件非常困难的事——老人抓住他的手臂，引导他下来，但他还是觉得自己肯定要跌进水里了。他可以感到腋下汗津津的，突然很高兴自己穿着救生衣。他把手放入水中，奇冷无比。

老人问他是否已经准备好，但男孩还没来得及回答，小船已经滑入海中。

太阳把半个港湾照亮了，其余地方被云的影子笼罩。

他们很少说话，在码头附近划着桨。男孩坐在前舱，无法看见老人的脸，不知道后者是不是觉得很乏味。小船看起来很脆弱，男孩觉得好像是直接坐在水面上，那份紧张令他的手指颤抖。船桨很难掌控，即使海湾风平浪静，他还是觉得皮艇一定会翻。他们已经划得比任何游泳者都要远，他觉得整个海滩上的人都在看他们。他脑袋晕乎乎的，必须抵御内心的快乐。老人给他展示了如何让船桨划破空气，并在中途翻转，好使它划向一侧，动作干净又收放自如。他说，一切出色的活儿都要做得简洁。桨刃永远不能进水太深，否则会耗费太多精力。船桨离水时，水花也永远不该溅得太多——要让大海看起来像是从来没被惊扰过。

不要与水斗争，老人说。把这件事留给海洋自身。

男孩试图辨识他的口音，但还是不能确定。过了一会儿，他慢慢习惯了划桨，于是问老人来自哪里。

立陶宛，他说。

立陶宛？

你知道那是哪儿吗？

我知道，是的。

但男孩对立陶宛一无所知，他最终承认这点时，他们在一个浮筒边停了下来，泊稳了，男孩在皮艇里转过身。老人用湿手指在浮筒上画了一张苏联地图，地图的边界因热量已逐渐融化。老人手上生着巨型雀斑，男孩觉得他都可以用那些雀斑来画地图了。老人说，他曾是立陶宛靠近波兰边境处一座松林里的伐木人，现在，他远离故国已经三十多年，在欧洲各地四海为家，靠纽约一个亲戚的救济过活。

男孩被这海湾中浩瀚的地理弄得头晕目眩。

那天下午，他学会了轻轻使劲撬起船桨，让桨刃完全击水，学会了如何扭动手腕让船只转向。他的手臂开始乏力，膝盖曲在船舷里的部分开始疼痛。当他们驶入码头，老人拍拍他的肩膀说，干得不错。明天再来，你会学到更多。

男孩跑回了家。

他母亲正在等他。吃完饭，暮色尚早时，她告诉他关于他叔叔的消息，通过码头边的电话亭传来了报告，他想象到了：脉搏变弱，身体变凉，水变成了金属味，头痛，晕眩，然后灼热的剧痛会逐渐麻木，每日眼窝都下陷一点，血压下降，头上悬着点滴瓶，枕头上有胆汁。

他要干到底，他母亲说。

他要死了？

他会干到底，她又说了一遍。

他还咳嗽吗？

是的，还咳。

他们给他吃药吗？

不，药里有糖还是什么东西，他不能吃。

他们还在他床头放食物？

是啊，没错。

他们是狗杂种，他说。

听见这句咒骂，她顿了一下，一个回答在唇上颤抖，但她什么也没说。过了一会，她双膝跪地，开始祈祷。

狗杂种，临睡前他低语道。他听见从她跪着的地方传来抑住的抽泣。

老人在家门外的矮墙那儿等他，同时耐心地卷着一支烟，把烟草均匀地捵到纸上。他手背上骨节分明，向扇贝一样向手指蔓延。他把烟放到嘴唇边，舔了舔纸，快速把它封起。男孩口袋里有他从母亲的烟灰缸里抢救下来的烟蒂，但他不想在老人面前点烟。他带着嫉妒看那支烟发皱、燃烧。两道清瘦的烟从老人鼻孔里喷出，男孩靠近些，好吸入烟草的气息。

Einam，老人说。

抱歉，你说什么？

我们走吧。

我要铺上防水布吗？

老人说了，说，裙子。我昨天告诉过你，它叫防水裙。

我要铺上它吗？

要。

男孩向后张望，把防水布罩在头顶，然后扛起了皮艇。

他们没有在码头放下船，却走去了海滩，踢掉鞋袜，趟入浅水之中。下起了毛毛雨，海滩上空无一人。男孩爬进皮艇，旁边，老人站在齐腰深的水中。他给男孩展示假如船翻了如何挽救：他向船舱探过头去，把桨底的水泼出去，自己的屁股突然往上抬，使小船正面朝上翘。双人船很难掌控，他说，但多练练总不错。在最糟的情况下，老人说，他可以舍弃"防水裙"，抓住漂浮的船，希望潮汐能把他送回去。

突然间，老人倾斜船只，男孩掉进了水里。他胡乱扑了一阵水，试图把桨支起来，却徒劳无功。男孩猛拉住防水布前端，有好一阵他完全是在水下扑腾，然后他站起来，大口往外吐水。老人俯过身来，抓住了男孩的腋窝。

我 ×。

什么？

你为什么这么做？

进船来。

我做不到。×。我湿透了。

进来，老人说。我会稳住船。

我 ×。

他咳上来一些海水，吐掉，故作夸张地发抖。

进来，老人说，一边耐心地往空中倾斜小船，把大部分水泼出来。他轻巧地完成这些动作，然后稳住船，男孩又爬了进来。他不得不把腿架在船侧，这让他感觉又危险又傻。他的长裤湿透了，沉甸甸的。他感到老人的手放在他背上，赶紧扭开了。当他终于进到船内，他赤裸的双脚碰到了船井里残余的水。

我他妈的冷透了。

老人什么也没说。

这真蠢。

把防水布重新铺好花了漫长无比的时间，而老人立刻第二次倾斜小船。

男孩甚至没试着用桨稳住皮艇。他一把扯住防水布，起身时再次不停吐水。他瞪着老人看，把船推走，把桨扔到船后。他正要取走防水布，老人却开始哈哈大笑。男孩看着。老人的头甩向后方，嘴巴张开，眼睛闭着。

你在笑什么？

我在笑，因为好笑。

我想看到你被扔下去。

是吗？

没错。

真的吗？

我会的，没错。

老人向后跳入水中，沉没了一秒，帽子漂在水面。男孩伸手拿到帽子，等老人浮上来时还给他。他们俩都开始咯咯笑，男孩想，他们看起来一定古怪极了：在浅海里，他和一个老人。浑身滴水，哈哈大笑。

过了一会，老人抓住船舷，呼吸沉重，前后摇头，然后用手按住男孩的肩，最后擤了一把鼻涕说，进船来。

很公平。

这次，他说，要正确地挥动桨。

好的。

并且，请别讲粗话。

他坐船出海的每一天，他叔叔都变得更虚弱。从海上看，这座城很小，塞进海岬的中空地带，被海滩围住。远处的山脉任意弯折着柏油路。山的那边，天空如此凉爽、蔚蓝、安宁。整个画面，男孩想，可以拍成一张明信片。

他和老人留在海湾里，从一个浮筒划到另一个，有时推搡较大的船只，学习如何操控皮艇，引导它转圈，呈"8"字行驶，有那么一两次乘着浪尖向岸边驶去。

鸟儿在他们头上盘旋，有时，老人假装和它们对话，发出诡异的、粗噶或尖锐的叫声，逗得男孩直笑。

午饭时，一位老太太去码头看他们，带来了三明治和牛奶。他们一起坐在码头上用餐，腿悬在水面上方。他发现这对夫妇的名字是维蒂斯和拉莎。他俩主要用立陶宛语交谈，但男孩不介意；他本来就感到身处异乡，过了一阵，他开始能辨认某些他们不断提到的单词——berniukas，duoshele，miela，pietus——尽管不确定是什么意思。午餐后，他们又去船里待了一个小时左右。老人没有戴表，但他说可以从当地的教堂钟声判断时间，有时，他甚至能预告教堂钟声。他说他喜欢早点回家，生活里最美妙的事就是睡个午觉，那是他一天里最喜欢的时刻——拉起窗帘，慢慢飘进奇异的梦境。

老夫妇午睡时，男孩用水管冲洗皮艇，然后动身返回房车。他总是去城里的垃圾箱翻出一张报纸，看看星座栏——某天下午他断定他叔叔的生日一定在天蝎座，因为报纸说天蝎座现在有难，但随着某颗行星进入轨道，一切都会突然归于平静。

他母亲对他的皮艇活动感到很高兴，她说，如果他能坚持，她会增加他的零花钱，直到某天他可以给自己买一艘皮艇。他拿了额外的钱，立刻就跑去城里，把它们全花在游艺机上。

第四天早晨，他和老人划离了海湾，在穿越涡流的汇聚点时格外小心，一直驶进了如同一片漂移的灯芯绒般的波涛深处。

距离城市如此遥远令男孩兴奋不已。他向飞鸟发出嘎嘎声。更远处，海平面似乎浩渺无边，被一片淡蓝色的苍穹压扁了。他们划了一小时桨，背朝着城市，大海始终风平浪静。

漂浮在水面上时，男孩在皮艇里半转过身子。我想告诉你一件事，他说。你看到这块黑臂章了吗？

所以？

他结巴起来，发现自己口干舌燥。最终，他把关于叔叔的一切告诉了老人，他们继续划了一小时桨，一个字都没再说。

他感到整片海湾都被言外之意压倒了，每朵溅起的水花都有意义，随着沉默的分量越来越重，他想，这个立陶宛人会有什么真知灼见要讲出来，但在他们驶回码头的路上，老人只是清了清嗓子，压低声音说他感到很遗憾，这是个悲伤的故事，他自己还是男孩时也过得不快乐——原因早已不重要——他现在的快乐之源在于那些简单的、不需夹带回忆的事物。

| 第三十五天 | 123.4 磅 | 56.09 公斤 | 105/55 |
| 第三十六天 | 122.9 磅 | 55.86 公斤 | 107/52 |

做弥撒时，他惊讶地发现一些上了年纪的人认得少女时代的她。他们微笑着宣称她看起来还像个妙龄姑娘，这让他尴尬得打颤。他在自己和他们之间的椅子上放上赞美诗，用来保持距离。他母亲让他穿上了一件干净的扣领蓝衬衫，他故意让衬衫衣角从裤子里耷拉出来。牧师布道时，她试图把它塞回去，但他推开她的手，而她只是对着他微笑。

这是一座有高窗的新教堂，喷了杀菌剂。

去领圣餐时，他走在她身后几步。他第一次清晰地听到了祝辞：这是基督的身体。他想着那些绝食抗议者会不会已经死了，做过了临终仪式，如果是的话，他们临死前有没有接受面包？他发现自己被这个问题反复折磨，眼前出现幻觉：获得自由的人在监狱医院里走来走去，舌头上躺着唯一一片白色，犹豫着到底要不要吞下去。圣餐饼的重量压着他们的舌头，他们无法向上帝询问这个问题。他们的眼睛湿润了。圣餐饼缓慢地在他们舌尖融化，进入他们的唾沫，绝食起义结束了。一名监狱医生走过来，幸灾乐祸。绝食者双膝跪下，依然死于饥饿。

他感到母亲正用手肘推他肋骨，抬起头来，他看到弥撒已经结束。

室外，牧师正与教区成员握手。男孩站在远处一道石墙上等他母亲，后者正挤过人群。他注意到牧师用手扫了一下母亲的肘，男孩说出了口：你这个淫荡的杂种。

一个面孔晒黑的瘦高个让他们搭了顺风车，他问他们俩是不是去看赛马。他母亲口气坚决地否认了，男孩很高兴。

他们在报亭买了周日的报纸、两条面包和四块松饼。从报亭出来时，他看见那对老夫妇正走进来，看起来他们刚在花园里劳作过。

老太太朝他眨眼，老先生拍拍他的头，男孩走出店门时，能感觉到老人的手上微妙的重量。

那是我的朋友，他对母亲说。

哦，就是他？他闻起来可不像一床玫瑰花，她咯咯笑着说。

那是什么意思？

我开玩笑罢了。

什么意思？

亲爱的，我在开玩笑。

你身上也有异味。你比他闻起来更糟，你知道？

听着，我不过和你说笑，亲爱的。放松点。

他皱起眉头，发现自己拖着脚步跟她走时，正试图闻闻自己的腋窝。他记起了他的象棋子，他一路跟着母亲一路想：去他的王后，我是一名骑士。

在房车里，他们把周日的报纸在桌上铺开。有他叔叔多年前的照片。他用手指抚摸那脸庞，然后小心地剪下照片。他把其中一张放入衬衫口袋，另一张贴在床头。晚些时候，和母亲下木质象棋时，他拍拍口袋里的照片，感觉就像他的手指正掠过叔叔的肋骨。它们摸上去非常凸出，像是一匹饥饿的马的肋骨。骨头们发出一种乐器般的声响，当他把手指探得更深，他可以感觉到他叔叔胃里的水声。

**

划完皮艇之后，他在公墓里那个年轻人的墓边又发现了一个一品脱的玻璃杯。这次上面没有口红印，但满是啤酒渍，所有痛饮之处都留下了完美的圆。他把杯子带回家，她无意中把它洗了，在其中插上花放在桌上，就在盐瓶和胡椒瓶之间，每当房车的门打开，花朵就迎风摇曳。过了一阵，他开始喜欢让杯子物尽其用，他想，夏日终结之时，他会不会已经攒下一批小小的杯子收藏。他们老家的住宅区有个邻居把橡皮子弹存起来，用伤疤神圣化自己的历史——他们砸烂了哪堵墙，哪辆车，哪座仓库，什么人。伤疤越深，子弹飞越的距离就越短。男孩或许可以把这种简单的逻辑用于那只一品脱玻璃杯上残存的唇迹。

第三十八天　　121.8 磅　　55.3 公斤

第三十九天　　121.4 磅　　55.1 公斤

第四十天　　　121 磅　　　54.9 公斤　　这是耶稣不吃饭的天数

第四十一天　　120.6 磅　　54.8 公斤

＊＊

在房车的镜子里，他感觉自己看起来更老成了，还在胸前找到了唯一一根胸毛。上午他带着一种趾高气昂的神色进城，衬衫扣子大半松着。

在码头尽头，他向穿着最暴露的比基尼的女人们飞吻。她们做出回应的手势，邀请他去卧室，他们没日没夜地做爱，有时两三个一起——她们喜欢听他说话，并告诉他，他的那玩意是她们见过最大的。他咯咯笑着，沿着海滨马路欢呼，听见她们叫着他那儿大极了，巨硕无比，即使把她们丈夫的阳具缝在一起尺寸也赶不上他。当那位老先生从自己家里出来，问他在喊什么，男孩脸色发白，结结巴巴地说那不重要，他不过是向渔船喊叫，老人告诉他，这也是不坏的活计。离开老人家足够远时，男孩再次哈哈大笑起来，女人们从各个角落呼唤他的名字。

一天傍晚，暮色已深，她发现他坐在墓园的墙上，烟圈在头上升腾。她检查了一遍手提包，叫他再也不要偷烟。他撒了谎，告诉她他会戒烟。

你父亲从不抽烟，她说。

他们坐在峭壁上，在一片正转为墨色的天空下，男孩惊讶地发现她在哭，尽管她说是风吹进了眼睛。她说她记得还没和丈夫结婚时的岁月。那是六十年代，他们会一路从北方来到这里，在离城里不远的一座滨海的废弃小木屋里度假。夜里，他们在木屋里互相依偎着。她说到这里眨了眨眼睛，男孩和她一起笑起来。互相依偎，她又说了一遍。依偎。此刻他母亲站起身来，回忆为她注满了生命力。那座小城里有渔民，她告诉他，水鸟经常前来叼走残留在渔船附近的随便什么鱼的内脏。鸟儿们会飞到木屋屋顶上，有时把食物残渣留在上面，于是屋顶开始塌陷、腐烂，一条横梁还掉了下来。那些夏日的空气甜美而安静，秋天来临时，会有落叶吹落到他们身上。他们在木屋里待着，他的母亲和父亲，互相依偎。

他脑海中浮现父亲的面容，长长的纤细的头发越来越少，深邃的眼睛，突兀的鼻梁。他以为可以伸手触摸到他。

此刻她边说边笑，在他看来突然显得青春焕发，但过了一会儿，他提起了叔叔，他们立刻为自己的笑声感到内疚。

告诉我他的事吧，他说。

我从没真的了解过他。

爸爸喜欢他吗？

在他们年轻时，没错。他们一起在农庄干活。他们有过好时光。他们一起把干草抱进来，给奶牛挤奶，修补破旧的墙壁。她顿了顿，长大后，他们开始吵架。

为了什么？

你父亲从不相信解决战争的方法是战争。

看，男孩说，就连你也说这是一次战争了。

她用手指搓捻一簇鬈发：这是一场战争，没错，是战争，她悲伤地说。

那么，他们应该得到他们想要的东西。

他们应该，或许吧，没错。

很简单。

没有什么是简单的，亲爱的。

你恨他吗？

我当然不恨。他是我的小叔子。

我知道你恨他。我看得出来。你恨他。我知道。

啊，亲爱的。

他被陷害了。

好了，现在让我们——

十八年，为了他从没用过的炸药，男孩说。

或许他做的不止那些。

这是他被指控的全部罪名。炸药。

没错。但你不会知道——

我就是知道。他被陷害了。

我不比你更喜欢这情形。但别人也在死去，无辜的人。

他甚至连个像样的审判都没有。

那些死去的人也没有，她说。

男孩想了想这个，然后说，我们为什么不能回家，妈妈？

我以为你现在还算喜欢这里？能划皮艇，等等，我以为你已经安顿下来了？

波涛砸在他们下方的峭壁表面，男孩扯下一根草尖放入齿缝。他目送一颗流星在上方的夜空中摆尾飞行。

我们为什么不能回家？他又问了一遍。

她叹了口气，因为我不想回去目睹那一切。

可我想。

我不想让你看见，亲爱的。

我不是小孩子，他说。

他们在沉默中一直坐着，直到他问她，他父亲一生中有没有做过任何坏事，她说，没有，从没有。从她说话的样子，他知道她说的是真话。

关于父亲的一段特殊回忆来到他脑中：男孩那年只有五岁。几个修废品的上门来兜售一只冰箱。父亲正在找工作，他们没什么钱，屋里没有冰箱。牛奶会变馊，剩菜会发霉。他父母总是在谈论买冰箱，这只冰箱的价格相当于白送，二十镑。男孩想到冰镇牛奶，振奋极了。

父亲走出门，查看那只冰箱，可是当他发现侧板上的烧痕，他立刻转过身说，不要了，当着修废品的面把门关上。是在空袭中炸坏的，他对他母亲说。

第四十四天　　　119.4 磅　　　54.27 公斤　　　105/60

第四十五天——

都结束了，她一边跑上山坡一边喊，结束了，结束了，结束了。他把记事本扔上天，从房车里跑出来。她正对着空气挥拳。她的脸颊冻得通红。他抱住她，她拉着他转圈，两人都倒在地上，踢掉了鞋子，让它们在空中翻筋斗。他们气喘吁吁地躺在高高的草丛中，她说囚犯们发布了一条宣言，所有条款都得到了同意，只剩一点形式上的东西要处理。她站起来，站在房车背后的橙色煤气罐上跳舞。我知道会结束的！她大叫道。谢谢你，上帝！

他拉住她的手，她从煤气罐上跳下来，他们穿过草丛跑上了峭壁，她喘得上气不接下气，于是发誓要永远戒烟。他们在高出海面许多的地方跳舞，旋转，高抬腿。晚上她做了一顿超级大餐：香肠、火腿、番茄、鸡蛋、油煎面包，甜点则是冰淇淋柠檬汁。冰淇淋在她嘴唇上方留下一圈白胡子，他用镜子照给她看，她开心地笑个不停。她打开一瓶红酒，甚至允许他抽了一口她的烟屁股。他假装这令他头晕目眩，在房车周围踉跄而行。

看看这个！他吼道。看看这个！他们把无线电开到很响，然后走到室外，互相挽着胳膊肘，开始转圈，有那么一阵，一切看起来都来完美无缺。

**

那天夜里晚些时候——无线电里宣布了另一项"突破"——

他拉开自己的睡袋，蹑手蹑脚来到床脚，确保自己没在睡裤缝里走光。他在床脚套上了他父亲的白衬衫，为保暖起见，外面再套上渔民穿的毛衣。

他在煎锅里加水，从灶上的架子上取下一块面包，去厨房桌子边坐下。他慢慢把每一片面包皮都撕下，把它们像栅栏一样绕桌子放好。他把无线电放在面包皮环的中间。

他母亲从房车的另一头注视着他。因为又哭过一场，她眼圈通红。

唯一的光线来自月亮，月光跃进了窗的横梁。

他把面包蘸湿，然后挤压成粗略的圆筒状。他轻轻用手指按摩它们，然后在脖子处摁紧。面包精确地屈服了。它似乎乐于接受他兴之所至的塑造。

他用力按压圆筒底部，并用小刀在面包的足部削出道道棱纹。刀刃切入了柔软的面包，他加固底部，好让它自行站立在桌上。他俯身直至眼睛同作品齐平，然后给了它一顶王冠，还有一双斜着看他的眼睛。他把残存在表面的指纹抹平，取了一支钢笔，试图在眼睛里填上墨水，但面包不肯吸收墨水。他想了一会，遂去橱柜那儿找到一罐可可。他混合可可和水，做成一种糊。

他把叉子的齿尖插入可可糊中，然后在眼睛的位置滴入一点点。棕色的燃料浸入了面包中。眼睛看着他，仿佛刚在一场斗殴里被打过。

那是什么？

是王后。

她从睡袋里坐起：看起来活灵活现。

他把它放在掌心，沿着指尖转动。这个棋子花了他一小时，其精确度令人赞叹，他尤其喜欢满是棱纹的底部。坐在桌边，他想着他的叔叔，想着这是否算一场自杀，算不算一种死罪。然而，放任一个人死去不也肯定是一种死罪吗？他开始头晕，嗓子发干。他继续在手指间转动棋子。他压低嗓子，骂叔叔傻，希望他赶快吃点东西，然后又恨自己有这些念头。

他母亲还在专注地看着他，于是他用叉尖刺穿了王后的眼睛，它的眼睛变成了空心，他又开始破坏王冠。接着他把这枚棋子高举在半空中，然后舔舔嘴唇，接着，颇富戏剧色彩地，微笑着，狼吞虎咽地把它吃掉了。

这就是我对女王的看法，他说。

他一边咀嚼一边瞪着母亲，然后从牙缝中剔出面包屑。面包的味道又湿又难吃。他母亲用手支住脑袋，脖子仿佛向一侧垂着。

请别那么怒气冲冲，她说。

他走到垃圾桶那儿，吐出最后一口面包：我想怎么生气就怎么生气，这是我的命！

请别这样。

他们正在放任他死去。

或许是他选择了死亡，亲爱的。

一回事。

过来，睡一会儿吧。

我不想睡。

妖怪会带走你的。

妈，他说，我十三岁了。妖怪。基督！

她摆弄着睡袋上的拉链，脑袋靠着枕头，看他在桌上张开手，用刀戳手指间的缝隙。刀在胶木桌上发出很大的声响。

别把桌子毁了。

不会的。

你为什么不把刀放起来？

他咯哒一下合上刀刃。

× 他的女王！他突然叫起来，自己也被咒骂声吓到了。× 玛格丽特·撒切尔！× 所有这帮人！烂货！× 每个走过路的士兵！

一阵前所未有的沉默。

他母亲在床上直坐起来，把腿从睡袋里晃出来，穿过房车从房间另一头走来。她经过他时没看他，只是在自己床前跪下来。膝背弯折着，低垂着头。

给我们今日所需要的面包，他恶毒地说。

你去睡觉，年轻人。明天再和你算账。暂时你哪都别去了，划皮艇什么的，一概免了。

他坐在桌边没动。她结束了祈祷，在一阵巨大而专注的沉默里爬上了床。

他再次轻轻念出那句话：×他的女王，响到足够她听见，但她已经转过脸去。他可以听见她在睡袋帽子里哭，于是他大声说，他很抱歉，但她没有转身。

半小时后，他又说了一次——对不起，妈妈——但她已经睡着了。

他伸出手，开始做另一个面包棋子。时光飞快流逝，天亮前，他做成了两队象棋人马——一队是白色的，一队是可可棕——只缺两个棋子。

三天后，他又被允许出门，他一路跑去老夫妇家，前门却没有他们的踪迹，于是他蹑手蹑脚来到侧面的窗户。老先生正在午

106

睡，他妻子坐在一面镜子前。男孩可以看见她在镜中的倒影。玻璃上有褐色斑点，她不断朝侧面转头好避开它们。在她锁骨之间有一块深深的凹陷。她的皮肤看起来满是褶皱，眼睛是一种吓人的绿。她脱掉家居外套，男孩躲开脑袋，当他看第二眼时，她已经穿上了睡袍。她爬上床，朝老人斜倚过去，伸手去拿一本书，有那么一瞬，两人的身体融合成了一具。

男孩走开了，并向地面上阳光与影子的交界处吐了一口痰。

海那边起风了，仿佛在寻找什么人。已经是第五十一天，他听说另一个绝食者病得很重，而他叔叔在监狱医院里，视力开始无法聚焦，所有东西看上去都很模糊。一个狱卒走来，拿着一个双筒望远镜调笑他。人们开始开关于一副特别薄的棺材的玩笑。他叔叔现在躺在一条羊毛毯上，好保护皮肤，并且为了止痛，他被移到了水床上。男孩想象他的身体看起来是什么样：胸膛凹陷，手臂瘦削，髋骨透过睡裤凸显出来。他现在已无法行走。

监狱里有勤务兵用轮椅推着他行动。有时，尽管那些勤务兵自己是新教徒，却会给他找来烟草，那只会使他咳嗽得更厉害。他被允许每天在监狱医院外的庭院里坐一个小时，尽管天气暖和，他叔叔还裹着半打毛毯。他喜欢同医院里其他人打赌，看某几只乌鸦会在什么时候离开监狱的铁丝网。他发出一条宣告，说他不怕死，因为这是一项值得搭上性命的事业。

男孩开始觉得，死亡是一种只有活人才在担负的事物。他记起了学校里背过的一首诗。一旦死去，就不再有更多的死亡。他一路穿过城镇，这句诗一直在他嘴边回荡。

划皮艇让他不用多想。从水的视角看去，世界完全变了模样。重复中有寂静。他能感到胳膊在变得更结实，颈部的一小团肌肉长得更硬。他感到背脊紧实有力，甚至膝盖也不再因酸痛而抗议了。他对照自己的黑袖章查看肱二头肌的尺寸。

立陶宛老人允许他在船尾坐一段时间，大部分控制动作是在那里完成的，老人还故意出错，好让男孩纠正。船侧舷向左，他就向右使劲。老人俯身向前，好让男孩学会用桨平衡小船。出了海湾后，他们侧划进入一系列由过路的高速游艇引起的低潮带中，他们顺着水波冲了一阵浪，又被另一阵波涛击中，小船看起来要翻了，但男孩先把船头驶入了波浪中，立陶宛老人赞许地点点头。

男孩感到自己已经和老人建立起了一种节奏，有一个看不见的车轴联结着他们，使他俩的手臂同时翻转；他们是同一套运动机制的不同零件，他俩一起，和其余一切机制之间拉开了距离。他想到了嵌入大海之工艺的齿轮，在正确的时刻悄无声息地汇合。他们齐心协力，船桨不会在空中碰撞，男孩突然想到，他们之间的空气充满了魔力。

他们在远处掉头，在一个有海豹在岩石上吼叫的小海湾里小憩，不再划桨，让船只随波逐流。水流轻轻拍打着侧舷，海豹在更远处的海岸上低吼。

老人抽了支烟，抽完后，男孩偷偷把烟蒂从水里捞起，放进自己的口袋等它干燥。他让船桨漂浮，双臂叠到脑后，自言自语着，需要什么样的力量才能捶死一只海豹。

没什么值得为之去死的，老人说。

什么？

尤其当你是一只海豹时，他咯咯笑。

但男孩觉得他在谈海豹之外的事物，突然感到一阵愤怒，怨恨地问：你当初为什么来这里？

哦，我真的早就不去想这些事了。

为什么不？

因为这样更容易些。

我想捶死一头海豹，男孩说。

太阳投射下生硬的黄色，水面泛起了光晕。男孩以桨击水，轻轻把船向前推。老人接受了这怒火，俯身开始把船滑出小海湾的劳作。风吹着他们的背，小船前进得很快。他们把皮艇划到与海岬平行，然后轻松地荡进了海湾，男孩和老人都沉默着。

当他们来到码头，男孩朝海里吐痰，然后用手指擤出了一大行鼻涕。老人轻声笑了。

码头边，老太太问他们是否没事。他们都点了头，她笑了，稀释着紧张的氛围。她给他们带来了生菜和番茄三明治，她在空中挥舞着食物，咧开嘴笑着。

他们在码头边缘坐下时，她用手臂环住男孩的肩，说她很高兴她丈夫有了一起下海的伙伴。

他有了新的快乐，老太说。

男孩透过一缕散落的头发看她。

我们一直没有孩子，她说。

老头咳嗽一声，严厉地看着她，但她只回复以微笑。

你看起来晒黑了，她对男孩说，他碰了碰自己的脸，仿佛它不属于他。

他被带进他们家，对他们的贫困感到吃惊。她穿一件淡色家居裙，拖鞋是用磨损的地毯做的。一张破破烂烂的沙发填芯都露了出来。一块有流苏的、磨破的毯子盖在钢琴上。一只空荡荡的鸟笼从天花板上垂下，折断的百叶窗外透进被分割成一道道的阳光，照出了需要刷漆的墙壁。

老太热了一碗味道奇怪的汤，她把杯子递给他时，他注意到她呼吸里有一股牛奶般的臭味。她给他一块圆面包，中间有孔，像甜甜圈一样。她管这叫做 baronka，她说，有些地方管它叫面包圈。是她自己烤的，他吃着觉得很新鲜，一边思忖他可以用它做成哪种象棋套装。他把脚趾伸向壁炉前的条形暖气。它散发出不均衡的热量。两条铁块和一根拨火棍放在壁炉前，他纳闷他们为什么不点真的火，他问起时，老人说，烟囱里住着一个燕子家庭，他不想把它们烤走。他解释道，他和妻子第一次搬进来时，他还以为烟囱在唱歌。

喝完汤后，老太问他吃得如何。面包很不错，但汤是男孩有生以来喝过的最难喝的，但他还是回答说，可爱极了，她向他微笑，退到一把老橡木旋转椅上。他注意到她的家居裙肘部很薄，但她手腕上戴着几个厚重而华丽的手镯。

三个人陷入了长久的沉默，直到老太站起来，握着男孩的手，查看他食指上那个文身的雏形。她飞快地从喉咙里用立陶宛语向丈夫说了一句什么，然后摸摸男孩的头发。

你不该这么做，她说。

她以陌生的目光看着他，老人点点头，用牙齿撕扯面包。男孩想，他们之间一定有什么秘密。她在椅子里俯身向前，思绪却似乎在别的地方。男孩细看了壁炉架上他们的照片，又观察一只古老座钟钟摆的摆动。

一种强烈而难受的饥饿感从胃里油然而生，他向桌上放下茶杯，请求告辞。老太站起来，把他送到门口，托着他的手，用手指拂过那个未完成的文身，向他靠过来。

我听说了你叔叔的事，她说，我希望一切都会没事。

谢谢。

等你长大些，她说，你会知道痛苦不是什么令人吃惊的事。你明白吗？

是的，我明白。

他轻轻转过身，她在他头侧高起的地方吻了吻。

你是个好孩子，她说。

他跑下车道，跑过那些盛放的玫瑰，感到恐惧，当他距离房子很远时，他擦了擦她吻他的地方。他想，这就好像自己同时是他们的快乐的内部和外部，仿佛他能在他们之间来回踏步，以同等的剂量去爱他们和恨他们，两侧各有一支船桨击水。

那一整天他都在镇里晃荡，并在报亭偷了一张报纸，那上面满是新闻报道却没有他叔叔的名字。有篇社论写道，绝食抗议就像一个快要冻死的人为了取暖而把自己点着火，他试着理解这话，却做不到，于是在手球巷的后墙边烧掉了报纸，用脚趾碾着余烬。

家乡的暴动已经白热化。一些狱卒被射杀了。两名驾车兜风的人在特立尼布鲁克被放倒。一个带牛奶回家的年轻女孩被橡皮子弹击中了头，目前昏迷。有人把一整群牛的喉咙割断，就因为他们属于一个天主教农民，牛的尸体在田野里被串在一起，形成"NO"的字样。他试着想象那些死去的牛，首尾相接，这一头牛的尾巴沾满另一头牛喉间的鲜血。

他开始把这一切想象成某种象棋游戏，打头阵的是他自己，只是一枚小棋，要前往棋盘另一头，那儿可能是个码头，或峭壁，或是镇上的其他任何地方。

他左边鞋子的后缘裂开了，走动时会有规律地开合。在小海湾上方的废弃汽车里，他想过要踢碎后排车窗，最后却选择躺在后座上，头倚着门框，醒来时被一匹正瞪着他看的野马吓了一跳。马的鼻孔舒张着，然后摇了摇头，发出嘶鸣，奔驰而去。男孩认定自己看见了他叔叔的幽灵。他沿着海岬跑回去，上气不接下气地闯入房车。门大声关上了。无线电开着。他母亲正在写歌，抬起头看他，却只是摇了摇头：不。

第五十五天　114.4磅　52.2公斤　100/40　我想他已经不剩下什么
了。不多不少

113

早上她坐在桌边，腿在椅子上折起。她给他做了煎饼。他注意到她肿着眼睛，看起来比什么时候都苍老。她已经两个月没染过头发，太阳穴处有了几缕灰发。她正凝视着窗外。

会没事的，妈妈，他说。

她抬头看他，微笑了。

一切都会好起来，他说。

什么？

你别担心了，妈妈。

她说，最近他说话越来越像他父亲，甚至有了同样傲慢的声调。

哦，他过去总是做些最蠢的事，她说。他曾经倒立着喝完了一整瓶可乐。另一次，他做了一张高低不平的读书桌，他很爱在那儿阅读，你能想象吗？所有的桌腿都长短不一，取决于你把压力放在哪儿，桌子可以像海中的小舟一样上下摆动。

为什么？

为了取乐，她说。他是个特爱开玩笑的人。他从事各种恶作剧。有一次他把胶水糊在勺子上，我都没办法从手上甩掉勺子；他觉得这逗死人了。

可我不是个玩笑家。

啊，但你是个滑稽的娃娃。

你说娃娃！

是啊，我说了。

他们坐在桌边，两人都在把煎饼切成越来越小的饼片。

哦，你可怜的奶奶，她突然说，你可怜的，可怜的奶奶。

男孩不知该说什么。为了让她高兴点，他在煎饼上浇了一点糖浆，尽可能津津有味地大吃起来。糖浆的味道甜得不得了，他快速喝了几口茶把它冲下去。有那么一阵，他觉得要吐了。

他母亲把腿折叠到胸部，下巴靠在膝盖上。

我们今天做什么？她问。

我们可以搭顺风车去高威买东西，他说。

可以。

或者我们可以去游泳。

这是个好主意，她说。这是你有生以来最好的主意。

她用手把他拖离了椅子，把两人的泳衣和几条毛巾塞进一个白色塑料袋。她推开门，没去镇上，却沿着海岬走，经过了废弃的沃克斯豪尔工厂，跳过几块大岩石。她牵着他的手，大笑着，当他们接近海岸线时，她在一块巨大的礁石后蹲下，换上黑色泳装。她的皮肤在石头的反衬下白得犹如烛蜡。

谁最后下水谁就是臭鸡蛋！她一边喊着一边小心地跨越岩石走入海中。

波浪向她卷来，在齐腰处退去，在他看来仿佛是张开的手。她向深处蹚去，直到水没过了胸，一头钻入水下。她在二十码开外浮上来，朝他招手。

他躲在另一块礁石后，套上了游泳裤。她在海里扑腾出一条水痕，他则跟着游进她身后那条渐宽的 V 字线。他比她游得快，很快就追上并超过了她。她踩水泼他。他泼回来。很快两人都在哈哈大笑。

他潜入水中，在远离她的咸涩的黑暗中游泳。他浮出水面寻找那只皮艇，却哪儿也不见它的踪影。

他们游了十五分钟，然后一起走回山坡上，一路闲聊着她正写的一首关于海鸥以及海鸥掠食的样子的歌。她哼出一小段，问他旋律如何，他说非常棒。她解释道，她要把这首歌献给他叔叔，男孩用手臂环住了母亲的脖子。他感到自己用手指抓住她的肩膀顶部。她把头侧向一边，靠着他。

你已经人高马大了，她说。

他扶她上坡，他们一边走，他一边想到，自己的童年骤然消失了，他像蜕皮般把它扔进了大海。

他挑战她下棋，规则是谁的棋子被吃掉，就必须真的吃掉那颗棋子。七步之内，他故意输掉了王后。他走向冰箱，拿出黄油和一锅草莓酱，往棋子上涂了一点递给她，当她这次说，鲜美极了，他没有生气，他们坐在桌边，直到除了两个国王和她的小兵以外，所有的棋子都被吃光。

平局，他说。

她拍拍他的脑袋，他没有退缩。

不是今天就是明天了，她说。

我知道。

这是最糟的了，不是吗？她说。知道这一切都不可避免。

还没准儿，妈。

难以置信，不是吗？

是啊，没错。

你知道吗？我现在有点想自己一个人待一会儿，甜心。

好，当然。

他又做了一套棋，然后去镇上，敲响老人的房门。他忘了问立陶宛人他是否玩过象棋，但他肯定他会玩的。叩了六次门后他用脚踢了一次门，但依然没人在家。他想过踹开门，看看里面有没有散落的烟蒂，但码头上有不少渔夫在看着他。

他把手插进裤袋，带着全套棋子穿过镇子，棋子在小塑料袋里蹦跳。他突然灵光一现，开始把不同的棋子放在不同地方——在邮筒里扔下一枚城堡，在银行拱顶下放下一枚主教，在手球巷的墙角放下一排四个兵，在药店门口的秤上放一枚王后，又在码头边的系船柱顶放上两枚骑士。他扫视海面寻找皮艇，却连个影子也没见到。于是，饥肠辘辘的他把剩下的棋子都吃掉了。

当皮艇驶入海湾，溅起水花，他装作没看见，只管坐在码头边晃荡着双腿。

老人从他身后上岸来，对他说：嗨。

男孩没回答。

拉莎今天感觉不错，她有好久没上船了，我们觉得让她出去晒晒太阳会不错。

嗯。

抱歉我们没等你。

没啥。

我希望你没生气。

没有。

你想喝点汤吗？

不想。

汤可怕极了，对吗？老人笑了。她是世界上最糟的厨师。你知道，我还没了解她的厨艺，就娶了她。

男孩转过身来，试着挤出一个微笑。

我们明天见？

好。

你叔叔呢？

他没事。

立陶宛老人把一只手放在他肩上。你是个坚强的男孩。

谢谢。

明天见？

好，明天见。

他看着老人和妻子把小船扛进屋去，也听到他们卸船时压低的交谈声。

他之前沿着码头救起几个烟屁股，现在把它们掏了出来。其中一个上面沾着口红，他津津有味地抽掉了它。他纳闷着，叔叔是否在抗议进行到这个阶段时依然无法放弃抽烟，第六十四日了，男孩接着闭上眼，看到一个具体的幻象——他叔叔在荧光灯下仰面躺着，双目圆睁着，监狱里薄嘴唇的护士在他上方，点滴袋如临终仪式的反面论据般等待着，手臂、大腿、手指、脚趾全都没有感觉，骨骼骇人地抵着胸膛，心脏在皮肤下乏力地跳动，身体现在完全靠大脑中的蛋白质维持。

男孩擦去眼泪，朝着大海大叫，然后喊出了一长串他知道的所有的咒骂的词汇。身后，他可以听到教堂钟声敲响，他知道母亲会担心，但他依然坐在码头上没有挪动。

她在日落前一刻赶来，他看见她在电话亭里。她朝电话那头的不知什么消息点了点头。他憎恨她身上那件紧身品红宽罩衫。男孩记起了她经常念诵的那句祈祷文，最后的几个词是：*此后，就是我们的流亡。*

他们看着夕阳消失在地平线上。那是一种壮丽的红色，慷慨地将自己泼入苍穹。海鸥低飞到码头上拉屎，一边发出尖细而费力的啸叫。灰色的海浪拍打着石头堤岸。男孩想，这世界上的一切都是孤独的。他母亲转过身，飞快地握了一下他的手，告诉他夜色降临前一定要回家。

天完全黑了，已经有几颗星星在东方升起。

他在码头的电话亭边驻足良久。传来了尖锐洪亮的铃声。听筒在支架上振动。他打开电话亭的门，风吹动盘旋的线。他的手在空中挥舞了一阵，然后决定不去接那个电话。铃声大作，仿佛电话本身都在哀悼。很快，她母亲会从房车那儿过来，她会接电话，接着他会知道确切的消息。他发现自己在颤抖，当铃声停止时，他的下巴垂到了胸口。

他在立陶宛夫妇的屋侧蹑手蹑脚地走，透过窗口看到他们正在背对着背睡觉。

老妇人的头发披散着，有几簇落到了丈夫脸上。老人在她身边看起来人高马大。

男孩仍能感到几天前她在他额头上留下的吻，像个圣痕。他抵在玻璃窗框上的下巴感到冰冷。他从窗户那儿溜开，绕着屋侧打转。

没有船桨的小船很容易控制，他只用一条手臂就从船井一侧扛起了皮艇，穿过短短的车道，有一次还刮到了一棵玫瑰丛。

他获得了新的力气，使小船的重量显得微不足道。

他把皮艇拖在身后，来到海滩上，站着眺望了大海许久，闪烁着磷光的波浪像兄弟般齐齐涌上沙滩。水面上没有船只，大海是一种深邃的黑。他的热血奔流着。他头晕目眩地转过身，沿着海滩走到救生杆那里，把皮艇斜靠在上面。他把船舷在沙里稳住，用绳子把小船系在杆身上。他手指颤抖，但还是打了个很紧的绳结。皮艇靠着救生杆如一个畸形人，在"嘴部"有一摊鸟屎。他坐下了，盯着它看了一会儿，试图让双手平静下来。

电话又一次在远方响起。他站起来，沿着海滩走，回头看着皮艇，直到发现码头前堆着几块硕大的石头。

他把石块搬走，在自己脚下聚成一大堆。他高高举起第一块，把它向皮艇那儿掷去，同时感到自己体内的战栗。他对石块的抛物线感到惊讶，对它竟是出于自己的手指迷惑不已。它砰的一声击中了小船，弹了回来，落地之处扬起一片飞沙。他咬住嘴唇，又抛出了一块。

空中挂着一轮月亮。风吹冷了他的手臂。海潮不懈地涨落。

他捡起一块更大的，投出了石头，它依然只是从皮艇那儿弹开了，他诅咒皮艇的坚实。他走近皮艇，用一块石头反复重击船的一角，直到出现了一条发丝那么细的裂缝。他把海滩彻底搜拣一遍，找到了更大的石块。现在，他浑身都在颤抖。他走在一条街上。他出席一场葬礼。他手里有一瓶烈性酒。他在一间囚室里。他在床边推开了盘子里的食物。

直用到第十二块石头，并且当电话铃再次响起，他才终于看到细长的玻璃纤维夹板露了出来。

靠近皮艇时，他的胃里涌上一阵肾上腺素。他开始用拳头击打它，直到指关节上渗出了血，然后他把头靠在冰冷的皮艇身上，开始抽泣。

停止哭泣后，男孩从小船上抬起头，回头时，他看见了立陶宛人屋子里的灯光。前门开了，那对老夫妇并排站着，握着手，老人的眼睛斜睨着，老妇的眼睛又大又温柔。